ALAINA URQUHART

Es la creadora, junto a su sobrina, Ash Kelley, de *Morbid*, el pódcast de *true crime* de mayor éxito y con mayor número de suscriptores en Estados Unidos. Formada como auxiliar forense, Urquhart —que ejerce en la morgue de un hospital en Boston— también ha completado estudios en disciplinas como derecho penal, psicología y biología, las cuales aprovecha para brindar al lector un relato realista y una perspectiva única de su fascinante oficio.

El carnicero y el pájaro, primer título de una serie, es su primera incursión en la ficción y se ha convertido en un fenómeno editorial que verá la luz en más de veinte países y tendrá, muy pronto, su adaptación a la pequeña pantalla.

«Repleta de detalles reales, como cabría esperar de alguien que trabaja realizando autopsias, deja poco a la imaginación, y es fascinante. Como lector querrás cerrar los ojos, pero la lucha entre el asesino y la patóloga forense te lo impedirá».
Daily Mail

«La novela más intensa que devorarás en mucho tiempo».
Barnes & Noble

«Oscura, retorcida y absorbente, *El carnicero y el pájaro* es la mejor novela sobre asesinos en serie que leerás jamás».
BookTrib

«Urquhart ha escrito un *thriller* muy explícito que no cae en lo más morboso. Los detalles que presenta, lo frenético de la trama y la conexión entre la forense y el asesino auguran un fantástico arranque de serie». *The New York Times*

«Un *thriller* ideal para los fans de *El silencio de los corderos*».
Louisiana Life Magazine

«Si quieres entrar en la mente de un asesino, no busques más, este es tu libro». *Paste Magazine*

«No apto para lectores con problemas de corazón». *Heat*

«Para leer de un jalón». *CBS Mornings*

«¿Ganas de una historia que no te deje dormir? La copresentadora de *Morbid,* el célebre pódcast de *true crime,* se estrena en la narrativa con una absorbente novela que te pondrá el vello de punta». *E! News*

ALAINA URQUHART

EL CARNICERO Y EL PÁJARO

Traducción de Pilar de la Peña Minguell

Obra editada en colaboración con Editorial Planeta – España

Título original: *The Butcher and the Wren*

© 2022, Perimortem LLC

© 2023, Traductor: Pilar de la Peña Minguell

Imágenes de portada: © Miriam2009 / iStock / Getty Images
Diseño de la cubierta: Planeta Arte & Diseño, basado en un diseño original de Lee
Motley/ MJ
Adaptación de portada: Karla Anaís Miravete
Fotografía de la autora: Archivo de la autora
© de la ilustración del interior: Shutterstock

© 2023, Editorial Planeta, S. A., – Barcelona, España

Derechos reservados

© 2023, Editorial Planeta Mexicana, S.A. de C.V.
Bajo el sello editorial PLANETA M.R.
Avenida Presidente Masarik núm. 111,
Piso 2, Polanco V Sección, Miguel Hidalgo
C.P. 11560, Ciudad de México
www.planetadelibros.com.mx

Primera edición en formato epub: julio de 2023
ISBN: 978-607-39-0368-4

Primera edición en esta presentación: agosto de 2023
ISBN: 978-607-39-0356-1

Impreso en los talleres de Bertelsmann Printing Group USA
25 Jack Enders Boulevard, Berryville, Virginia 22611, USA.
Impreso en U.S.A - *Printed in the United States of America*

A mamá y papá, que no hace falta que lean esta novela.
Aunque la trama no me la inspiraron ustedes
(¡solo faltaría!), sí las ganas de escribir. Les tocó por suerte
una hija rarita y supieron qué hacer con ella.
Cuentan con mi admiración eterna.
A John, que me otorga la confianza necesaria para crear.
Cada año que pasa te adoro más. Nunca dejes de cantar
baladas de R&B en momentos inoportunos.
A mis tres criaturas maravillosas, que escriben mejor que yo
y tienen mejor cabello. Esta novela no la pueden leer. Paren ya.

PRIMERA PARTE

1

Jeremy oye gritos por la rejilla de ventilación. Los oye, pero no reacciona. Su rutina nocturna es primordial. Las tareas cotidianas y mundanas que lo ocupan refuerzan su identidad. El simple hecho de hacer girar con dificultad la llave antiquísima de su ordenado lavabo empotrado lo afianza y lo centra. Termina cada noche plantado delante de ese espejo. Se acaba de bañar y después suele regalarse un afeitado lento y esmerado. Le gusta meterse en la cama con el cuerpo y la mente limpios. Procura que esos preparativos tengan lugar todas las noches, por muchas que sean las perturbaciones externas.

Hoy un alarido espeluznante lo saca de su rutina. Jeremy estudia su rostro en el espejo y nota que la rabia empieza a enredársele en los sentidos, que lo inunda como una podredumbre invasora. Los gritos casi rítmicos procedentes del sótano no lo dejan pensar. Odia el ruido desde que tiene uso de razón. De niño, siempre que se encontraba en medio de una multitud bulliciosa, sentía que su entorno lo acorralaba y lo ahogaba igual que una enredadera. Ahora el único alboroto que ansía es el del pantano, cuya sinfonía de criaturas lo relaja del mismo modo que lo haría una manta calientita. La de la naturaleza siempre es la mejor banda sonora.

Trata de ignorar los gritos. Su rutina es sagrada. Suspira, se recoloca un mechón de pelo rubio algo desplazado y enciende la radio que tiene junto al lavabo. Aparte de en la naturaleza, solo encuentra paz en la música. Se prepara para el consiguiente alivio, pero estalla por los altavoces «Hotline Bling», de Drake, y Jeremy apaga la radio de inmediato. A veces le parece que nació en la generación equivocada.

Se limpia despacio la sangre y la porquería de las manos, procurando abstraerse de los lamentos que se cuelan ruidosos por la rejilla de la calefacción. Se escudriña el rostro en el espejo. Le da la impresión de que sus pómulos son más prominentes cada año, una consecuencia inevitable del envejecimiento que encuentra extrañamente satisfactoria y que agradece. Muchas personas equilibradas admiran un cráneo bien esculpido. La mayoría ni siquiera entiende lo inquietante y primitiva que resulta esa fijación en concreto. Casi nadie quiere reconocer el lado salvaje de una psique que se forjó hace millones de años a partir de la necesidad de supervivencia, a menudo brutal, de sus ancestros. Esos son los rasgos que la evolución ha considerado útiles. Solo que la gente es demasiado estúpida para comprender que sus propias predilecciones ponen de manifiesto un acervo genético enraizado en la brutalidad.

Él no tiene precisamente el aspecto de alguien enredado en la depravación. Parece inocuo y, en ocasiones, del todo íntegro. Por eso todo funciona. Hay una planta llamada *Amorphophallus titanum* a la que se conoce como «la flor cadáver». Es grande, hermosa y no dispone de ningún mecanismo externo que pueda indicar peligro. Sin embargo, cuando florece, cada diez años o así, despide un hedor similar al de la carne podrida. Aun así, sobrevive. Prospera. Él no es muy distinto de la flor cadáver. La gente se siente atraída por esta planta curiosa que, a pesar de sus peculiaridades, logra despertar admiración.

Mañana es jueves. Le repatea oírselo decir a otros, pero el jueves es su viernes y, por suerte, ha podido tomarse los viernes libres desde que empezó su segundo año en la Facultad de Medicina de la Universidad de Tulane, en Luisiana. Aunque ese día tenga que aguantar alguna clase, el viernes empieza su fin de semana, que es cuando más trabajo adelanta. Está emocionadísimo porque este fin tiene planes de verdad para sus invitados actuales. Claro que la ejecución plena de esos planes dependerá de que sea capaz de añadir otro invitado al grupo.

Seguro que Emily se apunta. Lleva semanas estudiándola, desde que hicieron equipo en el laboratorio de Biología, y está convencido de que le aportaría el estímulo que tanto anhela. Emily sale a correr varias veces por semana y no parece que coma porquerías, así que tendrá aguante. Vive con otras dos chicas en Ponchatoula, donde tienen alquilada una vivienda antigua e inmensa fuera del campus. Salvo por su empeño en sincerarse en exceso con su nuevo compañero de laboratorio, es competente, autosuficiente e inteligente, cualidades que le vendrán bien para el juego que le tiene preparado. Sus compañeros holgazanes también aportarán lo suyo, aunque, con el tiempo que llevan encerrados en su domicilio, quizá no les queden fuerzas para todas las actividades que él tiene previstas este fin de semana.

Sus otros dos invitados llevan ya mucho trote desde que llegaron, el sábado pasado por la noche. En el Buchanan's consiguió entablar conversación con ellos sin preparación previa. Jeremy solía estudiar con calma a sus candidatos, como había hecho con Emily, pero aquellos dos le llovieron del cielo, como si el universo le estuviera pidiendo que sacara la basura. Y eso hizo, claro.

Katie y Matt son de lo más vulgar. Carecen de pensamiento crítico y no tuvieron inconveniente alguno en seguir a su casa a un desconocido de buen porte con la sola promesa de drogas. Ahora saben que cometieron un error. Vuelve a oír un gemido de angustia por la rejilla de la calefacción y empieza a perder la paciencia.

Abandona su ritual nocturno y baja corriendo al sótano, donde se alojan sus invitados. Los sollozos de Katie se convierten de inmediato en alaridos y su cuerpo menudo se retrae cuando él se acerca.

—Olvidas que te hospedas en casa ajena —le dice mirándola a sus ojos pardos.

Es una mujer corrientísima. Con la sangre seca, el pelo castaño sin vida se le pega al cuello como cola de carpintero. Tiene un aspecto vulgar, por mucho que se empeñe en disimularlo. Esos dientecillos de rata podrían ser encantadores si la pobre no fuera tan boba. Cuando la abordó en el bar, estaba obsequiando a Matt con una anécdota de sus días de animadora en el instituto, una batallita penosa que resultaba poco creíble teniendo en cuenta su forma física actual. Le recoloca las ligaduras que la sujetan a la silla y comprueba que el suero conectado a la vía le está hidratando bien el organismo. La goma no está retorcida y la botella sigue casi entera.

—Matt está siendo respetuoso; aprende de él, Katie —le dice con una amplia sonrisa, señalando el cuerpo fijo e inmóvil de su compañero, derrumbado en la silla a su lado.

Los dos saben que, en la anterior visita de Jeremy al sótano, Matt perdió el conocimiento, probablemente de la impresión. Katie empieza a llorar como una loca y él la mira hastiado. Esa mujer está poniendo a prueba su nobleza, pero lo que más lo asquea es su desesperación. Se planta con sigilo a su lado, en la oscuridad, y pulsa el botón de reproducción del altavoz portátil instalado entre las dos sillas. Inunda la estancia «A Girl Like You», de Edwyn Collins. Sonríe para sí. Por fin un sonido decente.

—Bueno, esto está mucho mejor —dice meciéndose al ritmo de la música y dándole a Katie ocasión de recomponerse.

Al final del segundo estribillo, ella empieza a gimotear. Sin pensarlo dos veces, Jeremy agarra los alicates que hay detrás de la silla y, con un solo movimiento rápido, le arranca de cuajo la uña de color rosa pútrido del pulgar izquierdo. Luego le toma con fuerza la cara en pleno grito para acercársela a la suya.

—Un solo ruido más y empiezo a arrancarte los dientes —la amenaza—. ¿Entendido?

Ella no es capaz más que de asentir con la cabeza y él lanza los alicates al rincón y, guiñándole un ojo, sube la escalera.

No vio mucha clemencia en su infancia. No vio mucho de nada. Su padre era un hombre justo pero duro que esperaba cierto nivel de sumisión, tanto de su mujer como de su hijo. Si estaba de buenas, su meticulosa instrucción le permitía adquirir aptitudes y lecciones para toda la vida. Su progenitor era mecánico aeronáutico y se ocupaba del mantenimiento de varias aeronaves. Aunque para ello no hubiera precisado formación académica oficial, al joven Jeremy lo enorgullecía que su padre trabajara con aviones y andaba siempre deseoso de acercarse a uno de los inventos más importantes de la humanidad. Pero, cuando su padre estaba de malas, Jeremy era objeto de humillaciones sin paliativos.

Aun consciente de los cambios de humor de su padre, Jeremy esperaba ilusionado a que volviera del trabajo todos los días. No hacían gran cosa juntos, pero justo eso era lo que más valoraba. Después de pasar el día entero con su madre, disfrutaba de aquel silencio agradable que se hacía entre los dos mientras veían algo en la tele antes de irse a la cama. Su madre tan pronto lo ignoraba por completo como lo colmaba de atenciones, como si no fuera capaz de dosificar su afecto. Siempre era o bien demasiado o bien demasiado poco.

Los libros, alivio constante del proceder caprichoso e impredecible de sus padres, mantenían centrado a Jeremy. A los siete años todavía no había empezado el colegio. Aun siendo descuidada, cada equis días, su madre lo llevaba a la biblioteca de St. Charles Avenue. Solían ir entre semana, mientras su padre estaba trabajando. Por entonces, Jeremy aún no sabía que su madre llevaba a la biblioteca a su único hijo para poder seguir enredándose con uno de los bibliotecarios, pero procesó la enseñanza sobre el engaño que aquellas escapadas le proporcionaron. Aprendió temprano que jamás debía contarle a su padre que su madre lo dejaba deambular solo entre los libros mientras ella se retiraba a un cuartito con el señor Carraway. Y, lo más importante, aprendió a robar. Se llevaba libros a casa, metidos en el abrigo o en la mochila, porque no confiaba en pedirle a su madre que los sa-

17

cara en préstamo por él. Ahora Jeremy está casi convencido de que los empleados hacían la vista gorda por pena, pero en aquel entonces se sentía como si perpetrara un atraco cada semana.

De vez en cuando, la señorita Knox, una de las bibliotecarias, intentaba conversar con él. Un día que se atrevió a preguntarle si iba todo bien en casa le tembló la voz de preocupación. En vez de contestar, Jeremy le pidió un libro sobre lobotomías. Aquel anticuado procedimiento médico y su más ferviente defensor, el doctor Walter Freeman, lo tenían embobado. Durante el fin de semana, su padre había estado viendo la repetición de un documental titulado *Mentes fragmentadas*, un análisis brutal del sistema de salud mental en el que se destacaba un método para la lobotomía de pacientes diagnosticados de numerosas dolencias, sobre todo esquizofrenia, que consistía en cercenar el circuito o la red de circuitos que se creía que eran responsables del comportamiento atípico del paciente.

La lobotomía prefrontal del doctor Freeman fue lo que más le cautivó. El sobrenombre de «lobotomía del picahielo» era extraordinariamente sugestivo. Evocaba imágenes de un cirujano inmaculado, torturado por el deseo de explorar la mente de los enfermos psiquiátricos. Más adelante, en ese mismo 1992, le asqueó comprobar el descuido con que empleaban el término en las noticias cuando hablaban del método que el asesino en serie Jeffrey Dahmer usaba para someter a sus víctimas.

Dahmer era tan lerdo que creía que podía hacerse sus propios zombis inyectando productos de limpieza y ácidos en el cerebro de sus víctimas. ¡Qué idiotez! Llamar «lobotomía» a lo que hacía era como decir que Ted Bundy «salía con chicas». El doctor Freeman debía de estar revolviéndose en su tumba.

Jeremy era un niño que ansiaba conocimiento y, como sufría una carencia crónica de estímulos, saciaba su propio apetito con la experimentación. El consejo que su padre le había dado de niño le resonaba siempre en la cabeza: «Cuando quieras saber cómo funciona algo, hijo, destrípalo».

2

El aire de Luisiana resulta impenetrable, incluso en las primeras horas del día. La patóloga forense Wren Muller aún anda desperezándose cuando, al bajar del coche, la recibe una bofetada de calor. Mira la hora, se estremece y piensa en lo estupendo que sería que los delincuentes dejaran de cometer sus perversiones a las dos de la madrugada, al menos durante un par de meses.

Pisa una vegetación frondosa y anegada, y hace equilibrios sobre las raíces aéreas de un ciprés que hay por allí. Las estrías del tronco son tan inmensas que parece que van a envolverla, como lo harían las manos desfiguradas de alguna criatura legendaria del folclor de los pantanos.

Se detiene y espera a que sus ojos se acomoden a la luz artificial que tiene delante. Las linternas de los tres policías alumbran algo al borde del agua. Su luz penetra la oscuridad y sume todo lo demás en una penumbra mayor. El contraste se agradece: ayuda a enfocar la escena.

El cuerpo semidesnudo de la mujer se encuentra bajo la espesura que ribetea la orilla, con la cabeza y los hombros sumergidos en el agua turbia y oscura, y el resto fuera, bocarriba, enroscado en la maleza. La mujer es alta y de peso estándar. Al mirar por encima del hombro, Wren ve tras ella a sus dos becarios, cargados con una camilla de rescate. Aun entre los tres, les va a costar sacarla del funesto pantano.

Hace solo dos semanas, los investigadores hallaron el cadáver en descomposición de otra joven detrás del bar Twelve Mile Limit. La encontraron bocabajo en un charco, chorreando apestosa agua de pantano. El paralelismo no pasa inadvertido a Wren cuando inspecciona la zona y, aunque la semejanza la alarma de inmediato, procura obviarla. Trata siempre de abordar los cadáveres sin prejuicios ni expectativas. No obstante, mientras estudia a la desconocida, se recuerda que habrá de buscar pistas ocultas dejadas por el asesino. A la víctima anterior le encontraron varias páginas de un libro metidas por la garganta. Estaban empapadas y eran prácticamente indescifrables, pero en una de ellas podía leerse con dificultad CAPÍTULO 7.

Analiza despacio la escena. La desconocida lleva solo unos *jeans* cortados, muy sucios, y un brasier azul. Se aprecia en el vientre una herida grande, como si la hubieran rajado con algún instrumento tosco. Wren no puede evitar pensar en lo atronador que debía de ser el canto de los grillos en la zona. Desde luego, lo es en esos momentos, mientras el equipo agotado intenta reconstruir la muerte de la joven. ¿Pensaría el asesino en el último aliento robado a su víctima cuando arrastraba su cuerpo sin vida hasta allí para que se pudriera? Los pensamientos de los depravados fascinan a Wren, pero los últimos pensamientos de los muertos la fascinan aún más.

Se centra de nuevo en la escena y repara en una pulsera trenzada que la desconocida lleva en la muñeca izquierda. Es probable que fuera originalmente blanca, pero ahora tiene el color de algo gastado y sobado. Imagina a la mujer adquiriendo el trivial accesorio. La ve examinándolo con ambas manos antes de decidirse a comprarlo. Un capricho encontrado en un estand promocional cerca de caja y de pronto perpetuado por la muerte.

Ahora está más cerca del cadáver. Sus compañeros la ayudan a arrastrarlo por la orilla en cuesta y a sacar despacio la cabeza del agua para verla mejor. La lividez está instalada visiblemente en el rostro de la víctima. La sangre coagulada que dejó de fluir cuando se le paró el corazón, sometida a la fuerza de la gravedad, le subió por la cara y formó ronchas que le coloran la frente y las mejillas. Cuesta distinguirlo bien con tan poca luz, pero Wren cree que la lividez es de un rosa intenso, lo que podría indicar que la víctima inspiró su último aliento hace unas diez horas. La *livor mortis* suele comenzar una media hora después de la muerte, pero no puede apreciarse bien hasta unas dos o tres horas después. Al cabo de unas seis, la piel se vuelve de un rosa fuerte que puede advertirse a simple vista. Doce horas después del fallecimiento, la lividez alcanza su máxima expresión.

Cuando los ojos de la forense se desplazan hasta el rostro de la desconocida, congelado en un gesto de pavor permanente, detectan el extenso hematoma que le rodea el cuello. Hay indicios claros de estrangulamiento. Wren toma nota de las lesiones para examinarlas con mayor detenimiento en el depósito y, tras calzarse unos guantes de látex color púrpura, pasa el dedo por las muescas profundas que laceran la carne de la garganta de la mujer.

Le palpa por fuera los bolsillos, buscando a tientas algo abultado o punzante. Cuántas veces habrá agradecido esa cautela extra al notar una jeringuilla sin meter la mano en el bolsillo, librándose así de una visita al hospital. Como no detecta nada potencialmente peligroso, hurga en vano en el interior. La víctima no lleva nada encima con lo que identificarla.

—¿Encontraron algo por ahí? ¿Alguna cartera? —pregunta, aunque ya sabe la respuesta.

Para confirmarlo, levanta la vista a los tres agentes que la alumbran con las linternas. Niegan todos con la cabeza. El jovencito de la derecha pasea impertinente el haz de luz por la zona que rodea el cadáver.

—Vemos lo mismo que usted: no hay cartera ni identificaciones ni arma a la vista.

Aunque a Wren no le agrada su actitud, asiente y, manipulando las extremidades de la víctima, deja al descubierto un viejo tatuaje descolorido en el tríceps. Parecen unas manos en posición de oración con un rosario enredado en ellas.

—Pásenme la cámara —dice la forense tendiendo la mano sin apartar la vista del tatuaje. Uno de sus técnicos, uno nuevo, saca la cámara de la mochila tan deprisa que casi se le cae al suelo antes de dársela. Wren toma un par de fotos del tatuaje y busca otros—. Las fotos saldrán mejor en la sala de autopsias, pero nunca está de más cubrirse las espaldas con un extra. A saber lo que podría ocurrir durante el traslado. Si no hay credenciales, cualquier cosa que sirva para identificarla nos sirve; de lo contrario, se va a pasar meses en el depósito —explica, le devuelve la cámara al becario y se chasca los nudillos. Sabe que es un vicio terrible, pero es su vicio—. Muy bien, ¿con qué contamos para establecer la hora de la muerte? —añade levantando de nuevo la vista a sus dos jóvenes pupilos, que palidecen de inmediato.

El primero expone con torpeza lo evidente.

—Pueees… Bueno, hay lividez —contesta, inclinándose hacia adelante y señalando el rostro enrojecido de la desconocida.

Wren sonríe y cabecea afirmativamente.

—Sí, eso ya lo vemos. ¿Algo menos obvio?

Sabe que el chico es listo. Aún no es lo bastante rápido, pero tiene claro el procedimiento. La velocidad llegará con el tiempo. No tardará en actuar con naturalidad tanto en la escena como en el depósito. El joven, algo angustiado, se pasa una mano por el pelo moreno y propone:

—¿Temperatura rectal?

Wren le apunta con el dedo a modo de pistola, pero luego niega con la cabeza y hace una mueca.

—Tienes intuición. Si estuviéramos en un entorno con la temperatura controlada, tu respuesta sería excelente. Por desgracia, no podemos confiar en que la temperatura a la que ha estado expuesta esta mujer en el tiempo que ha pasado a la intemperie haya sido de unos agradables veintiocho grados. Abran la bolsa para que podamos largarnos de aquí —ordena señalando la camilla de rescate. Mientras los becarios despliegan la bolsa mortuoria, Wren continúa—: Lo de la lividez es cierto. Es máxima, lo que significa que muy probablemente estemos hablando de unas doce horas. Tómenla de los brazos. —Se acercan los dos y Wren les hace una seña para que agarren un brazo de la muerta cada uno—. Intenten manipularlos —dice, y los ve empeñados en desplazar las extremidades, aunque sea mínimamente, en cualquier dirección.

—Carajo, los tiene superrígidos —señala uno de ellos.

La forense se sube un poco más los guantes.

—Exacto. Hay *rigor mortis*, por eso está rígida. No ha remitido aún. ¿Qué significa eso?

Los agentes de policía que acudieron a la escena se

26

muestran visiblemente molestos. Suspiran y levantan la vista al cielo con dramatismo, como si tuvieran otra cosa que hacer en plena noche. Sus gestos de impaciencia no perturban a Wren. Ya que tiene que estar despierta y en un pantano con una muerta a las tres de la madrugada, por lo menos va a aprovechar para instruir a los novatos.

El becario que tiene más cerca se levanta y se estira los pantalones.

—Bueno…, cuadra con el rango de doce horas. Con ese nivel de rigidez, podrían ser aún más, hasta treinta.

«¡Eso es!».

La seguridad cada vez mayor de su becario resulta prometedora. Teniendo tantísimos casos, a Wren le sirve cualquier ayuda competente de que pueda disponer.

—Bingo. Y miren lo que tenemos aquí —dice señalando la fiesta de moscas negras que no paran de espantarse de la cara todos ellos—. Sé que hay muchísimos insectos en la zona, pero esta chiquitina es una moscarda. Llegan las primeras al cadáver y ponen unos huevos que se convierten en larvas. Aún no hay larvas, pero a estas alturas ya podrían haber puesto huevos. Todo ello nos sitúa también en el rango de horas estimado. Es posible que el asesino actuara a plena luz del día. Ese tipo es un cabrón.

Los novatos interpretan su papel de alumnos embobados, pero por cómo desplazan el peso del cuerpo de una pierna a la otra, meciéndose ligeramente para no dormirse, Wren sabe que perdió a su público. Antes de que den media vuelta y se marchen, un joven agente los llama desde el borde del bosque. Alumbra el suelo con la linterna.

—¡Aquí hay algo de ropa! —exclama.

Wren no puede reprimir la risita que se le escapa de los labios al comentar con ironía:

—¡Y ya querían irse!

El agente la mira indignado y se dirige a los árboles. La forense lo sigue, haciendo una seña a sus becarios para que custodien el cadáver. Según se aproximan a la zona iluminada por la linterna, empiezan a verse un par de objetos fuera de lugar. Enterrada bajo un arbusto, hay una camiseta amarilla, sucia y bien doblada, con un par de chanclas negras encima. Uno de los agentes toma una foto y otro agarra los artículos y los introduce en distintas bolsas de pruebas. Al desdoblarse la camiseta, cae algo al suelo con un pequeño golpe seco.

—¿Eso es un libro? —pregunta Wren acuclillándose y encendiendo su linternita. Delante tiene un libro de bolsillo titulado *The Ghouls*. Cuando lo mira de cerca, ve que se trata de una antología de relatos de terror. A su espalda, alguien toma otra foto y la forense se incorpora con el libro en la mano. Le da la vuelta y se lo muestra a los agentes que tiene delante—. ¿Les suena?

Todos niegan con la cabeza. Uno de ellos alarga una mano enguantada para agarrarlo.

—¿Cree que es de la víctima? —pregunta, abriéndolo distraído.

—Pronto lo sabremos —replica ella, mientras ve cómo lo guardan en la bolsa de pruebas junto con la ropa. Wren da media vuelta y se hunde en la tierra húmeda. Con un sonoro chapoteo, libera el pie para volver hasta la camilla de rescate. Ayuda a los policías a guardar el cadáver en la bolsa y subirlo a la camilla de transporte, explorando una vez más la lividez antes de quitarse los guantes. A la luz ahora distinta, la ve de un rosa más intenso. Regresa con cuidado a la camioneta de la Científica, acompañando al cadáver y seguida de los dos becarios. Abre el portón del vehículo y espera a que el equipo logre llegar por el terreno accidentado, temiendo en silencio llevarse al depósito otro cadáver sin identificar—. ¿Quién te está echando de menos esta noche? —pregunta en voz baja a la víctima cuando esta pasa por su lado.

Uno de los policías ríe.

—¿Alguna vez le contestan los fiambres? —bromea.

Wren lo mira a los ojos; luego cierra de golpe el portón y se acerca a la puerta del conductor.

—Te sorprendería la cantidad de secretos que me han contado los muertos.

3

Las mañanas son agradables. Jeremy se levanta deseando tomarse un café bien cargado y procura desayunar siempre. El resto del día suele ser desigual e imprevisible, y pasa los descansos de la comida investigando, con lo que no siempre tiene tiempo de comer en condiciones. Echa un vistazo al pequeño televisor de la encimera de la cocina. En las noticias llevan ya dos semanas hablando de los dos presos fugados de la prisión de Clinton, en Dannemora, Nueva York. Hasta en Luisiana ha resonado la historia de esa enamorada funcionaria de prisiones que ayuda a dos asesinos convictos a huir, como si se tratara de una versión real de *Cadena perpetua*.

Mientras lo ve, se prepara unos huevos revueltos que se come con salchichas de pavo. Ha pensado en hacerse vegetariano, por los beneficios que supone para la salud, pero le cuesta racionalizarlo. Le inspiran más respeto los animales que la mayoría de los miembros de su propia especie, sí, pero sobre todo por su capacidad para sobrevivir nada más al llegar a este mundo. No hay empatía en la ecuación y por eso no siente la necesidad de privarse de una fuente fácil de proteínas. Después de lavar el plato, baja a echar un vistazo a sus invitados.

Katie está muy callada.

—Será que les tiene cariño a esos dientecillos de rata —masculla para sí.

Katie tiene la mano embadurnada de sangre, que goteó y se secó alrededor de la pata de la silla y en el suelo. Se derrumbó sobre el asiento en una postura medio soportable y a Jeremy le dan unas ganas tremendas de incomodarla. Por desgracia, se le hizo tarde y esa mañana ya no hay tiempo para placeres superfluos. En su lugar, le guiña un ojo. Al verlo, Matt pone su cara de berrinche alimentado por la testosterona y le escupe y lo insulta mientras forcejea para librarse de las cadenas que lo sujetan. Jeremy ve que pasó la noche intentando soltar la silla del suelo, pero no consiguió más que astillar la pata. Esas sillas se anclaron a los cimientos hace mucho; de ahí no se van a mover. Por precaución, piensa un instante en cuál sería el plan de su invitado si lograra, milagrosamente, volcar la silla, pero claudica enseguida. Matt parece bobo y está cada vez más débil; no va a ser más astuto que él. Echa un vistazo a las botellas de suero conectadas a las vías y empieza a reponerlas. El otro se hace el duro.

—¡Juro que te voy a destrozar, gallina! —le grita, rociando de saliva hedionda la mejilla de Jeremy.

Se plantea arrancarle algún diente con los alicates, pero, si se mancha, no le quedan camisas planchadas que ponerse. Además, cuesta sentir algo más que repugnancia por un hombre que se orinó encima y sigue usando insultos como «gallina». Lo toma bruscamente de la cara y le planta un beso apasionado en la boca, mordiéndole el labio inferior hasta oír un agradable chasquido. A veces se permite dar rienda suelta a su hedonismo, y rara vez lo lamenta.

—Viniste aquí por voluntad propia, ¿recuerdas? —le gruñe mientras al otro se le llena la boca de sangre.

Matt babea y grita incoherencias; Katie gimotea en voz baja a su lado. Jeremy sonríe y sube la escalera limpiándose la boca con un pañuelo. Se mira de refilón en el espejo del pasillo, se recoloca un mechón rubio suelto y sale de casa.

Jeremy trabaja registrando datos en una empresa de almacenamiento y logística. Es tan aburrido y mecánico como parece, y le repatea tener que pasarse la mayor parte de la semana vaciando números a un programa informático. Hoy llega al vestíbulo de Lovett Logistics tras abandonar el bochorno exterior. En Luisiana, cuando cruzas un estacionamiento en verano es como si caminaras por un trozo de mantequilla tibia, densa, pegajosa y opresiva. Ya dentro del edificio, nota que su cuerpo hace un esfuerzo por aclimatarse al frío artificial que sale a ráfagas en todas direcciones. Entre el abuso del aire acondicionado, el personal lelo de la empresa y la constatación de que va a pasar las próximas horas encerrado en esa caja de zapatos, todo se le hace cuesta arriba. Mete la mano en la mochila y descubre que dejó en casa el pase de acceso al edificio, por culpa de Katie y sus distracciones de anoche. Suspirando por lo bajo, se acerca a la mujer que está al otro lado del mostrador de recepción. Tiene algo de sobrepeso y unos brazos que a Jeremy le recuerdan a una piel de pollo crujiente y algo grasosa y que ella luce a menudo con vestidos y blusas sin mangas. Enmarca su cara redonda un pelo rubio ultraprocesado que obviamente no crece de esas raíces tan oscuras. Jeremy jamás se ha molestado en mirar de qué color tiene los ojos porque la cantidad de maquillaje con que los cubre le produce arcadas. Hoy vislumbra tonos de verde, como si le hubiera brotado musgo en las cuencas oculares y, atravesando los párpados, hubiera empezado a colonizar el resto de su cara regordeta. Como de costumbre, anda toqueteando el celular, repasando seguramente las montañas de mensajes ambiguos u ofensivos que le llegan a la *app* de citas con la que espera encontrar a su alma gemela.

—¿En qué puedo ayudarte, Jeremy? —le pregunta ella cuando se acerca.

Jeremy se estremece al oírla llamándolo por su nombre de pila, porque él se ha propuesto no recordar el suyo. Finge una sonrisa amistosa y apoya el codo en el mostrador que la cobija.

—¿Me harías el inmenso favor de dejarme pasar? —le dice, todo encanto—. Dejé el pase en casa y estoy deseando entrar y ponerme a trabajar —añade señalándose la mochila.

Ella suelta una sonora carcajada y se tapa la boca como si eso la hiciera parecer más fina. A él le dan ganas de vomitar, pero ríe también. Ella sonríe y pulsa con su uña postiza el botón de desbloqueo.

—Me debes una —le dice con un guiño.

—No te debo una mierda —replica él con frialdad mientras abandona el vestíbulo. Ella tomará en broma el comentario. A él le da exactamente igual.

4

Wren se coloca la pantalla facial y contempla en silencio el cadáver que yace ante ella sobre la fría mesa de la sala de autopsias. La mujer la mira a ella desde detrás de un párpado caído. Hasta el corte del ojo derecho le grita los horrores que la pobre ha soportado.

Ya tomaron fotos de la ropa empapada y se la quitaron. Los técnicos examinan las prendas en busca de fibras, pelos o cualquier cosa que pudiera conducir hasta la mala bestia que ha hecho esto. Wren palpa el cadáver por si hay indicios de huesos rotos y toma nota sobre todo de la hemorragia petequial aún visible en el rostro, pese a que la descomposición ya ha empezado a hacer estragos en sus facciones. El sol de Luisiana es despiadado con los vivos, pero más cruel aún con los muertos. Wren calcula que su víctima habrá pasado un día a la intemperie, como demuestran la leve hinchazón y la ausencia de putrefacción significativa.

Registra el hematoma del cuello, en el que parecen haberse cruzado múltiples ligaduras que le causaron cortes profundos en el tejido de alrededor de la laringe. No murió de eso. Está la herida del vientre, que a juicio de Wren fue lo que la remató, y el hematoma del cuello indica que la sangre fluía, algo que solo sucede cuando el corazón late. A la pobre la asfixiaron de forma mecánica sin intención de matarla. El brutal estrangulamiento no fue más que algo de lo que su asesino disfrutó antes de proporcionarle, por fin, el alivio de la muerte de una de las formas más dolorosas imaginables.

La herida del vientre, que le recorre el abdomen entero, es dentada y profunda. La sangre se coaguló en el interior, lo que indica que el asesino se la infligió estando viva todavía. A juzgar por el *rigor mortis* que aún sufren los músculos y por la temperatura del hígado, la muerte debió de producirse en las últimas treinta y seis horas, más o menos. Por desgracia, la lividez *post mortem* que Wren estableció en la escena revela un número de horas menor. Lo lógico sería que las manchas fueran de un rojo, azul o púrpura intensos, pero la sangre acumulada bajo la piel de la víctima es de color rosa fuerte.

La discrepancia extraña a Wren, pero decide seguir adelante con la exploración. La lividez también sirve para determinar si se movió a la víctima después de muerta, como debió de ser el caso de la desconocida que tiene en la mesa de autopsias. La sangre que dejó de correr cuando le seccionaron el vientre se acumuló en la cadera derecha, en el lado derecho del rostro y en partes del brazo derecho. La tumbaron del lado derecho después de matarla. También hay signos de encharcamiento en la zona lumbar y en los hombros, por lo que debió de estar bocarriba en algún momento. Dada la mayor lividez del costado derecho, parece lógico pensar que falleció estando acostada de ese lado y el asesino la puso bocarriba después. Esos datos encajan a la perfección, pero el tono de la lividez sigue dando que pensar a Wren.

El inspector John Leroux entra en la sala de autopsias, se tapa la cara con una mascarilla y se enfunda la mano derecha en un guante de látex. Aprieta visiblemente la mandíbula angulosa, y sus ojos de azul intenso, lo único que queda al descubierto, albergan un millón de preguntas. Al oírlo entrar, Wren alza la vista un instante. Como hace años que trabajan juntos, le lee perfectamente el semblante. Está agotado y espera respuestas.

—Dime que tienes algo para mí, Muller —espeta, recolocándose la cinturilla del pantalón y poniendo los brazos en jarras.

Wren titubea y lo mira.

—La refrigeró.

5

Jeremy toma asiento en su cubículo, enciende la pantalla de la computadora y deja el café y el celular a mano. Le gusta empezar el día repasando los sitios de noticias y las redes sociales. Hoy le llama la atención la página inicial de la web de *The Times-Picayune*: «SE INTENSIFICA LA BÚSQUEDA DEL HOMBRE Y LA MUJER DESAPARECIDOS EN EL CONDADO DE ORLEANS MIENTRAS CONTINÚAN LAS MANIFESTACIONES PÚBLICAS DE DUELO DE SUS ALLEGADOS». Casi suelta una carcajada. Esa especie de vigilias siempre lo ha fascinado. «¿De qué les sirven a Katie y a Matt sus velas y sus fotos mientras sufren en mi sótano?».

Deduce que a esos «allegados» de las fotos del artículo, llorosos y solemnes, lo que les interesa de verdad es salir en la prensa. Todo el mundo tiene sus motivos. Ese empeño en jactarse de su pérdida deja claro que esas personas chupan cámara para satisfacer su propia y asquerosa necesidad de llamar la atención. Explora el resto del artículo, que detalla la urgencia de localizar a esos dos desechos humanos.

—¡Qué miedo da esto!, ¿verdad? —lo interrumpe su compañero Corey, apoyando el codo en el lateral del cubículo de Jeremy mientras bebe café a sorbitos—. Esos dos van a terminar como los demás. Está más claro que el agua, ¿no? En cuanto se deshace de una víctima, agarra la siguiente en cuestión de días. ¿Has oído que, por lo visto, han encontrado a la otra desaparecida? —añade, meneando la cabeza y bebiendo otro sorbo de café.

Se refiere a las víctimas anteriores y, en parte, tiene razón. Jeremy lleva un tiempo haciendo eso, hasta un total de seis. Solía hacer lo que supone su compañero: en cuanto se cansaba de una, iba por otra. Esta era la única vez que se le habían solapado. Cuando Katie y Matt llegaron a su casa, Meghan aún estaba medio viva. No lo tenía previsto y fue arriesgado, pero a veces, si aparece la persona adecuada, hay que improvisar.

Meghan era una criatura patética y desesperada a la que Jeremy había conocido en un bar el jueves anterior y había convencido para que se fuera con él. Era bulliciosa, escandalosa y pretenciosa, y le resultó irritante en cuanto abrió la boca. Ya en el sótano se atrevió a gritarle que era «un niño de mamá» y despertó en él una rabia que Jeremy sabía que podía enturbiarle el pensamiento lógico y racional. De haber sucumbido a la ira, habría terminado cometiendo un error gravísimo, y estaba muy resentido con ella por estar a punto de hacerle perder la serenidad y, con ello, la libertad.

Pasó unos cuantos días minándole la moral. Llevaba

un seguimiento de su estado de ánimo y la tenía preguntándose qué día, hora y minuto serían los últimos de su vida. Tras unos días de juego, Jeremy bajó al sótano en silencio. La súbita falta de interacción de su captor tendría que haberlo delatado, pero ella no lo vio venir cuando le clavó un cuchillo directamente en el vientre. Lo arrastró por el abdomen con mucha fuerza y la vio retorcerse de dolor en el suelo de concreto del sótano. Eligió ese fin a propósito. Las lesiones en el vientre son terribles. La bilis y los ácidos se vierten sobre la herida y la víctima se envenena poco a poco con sus propios fluidos corporales.

Eso fue el domingo por la noche, un día después de que llegaran Katie y Matt. Encontraron el cadáver de Meghan esta mañana. Jeremy lo escuchó por la radio, pero aún no se han hecho públicos los detalles. No está nervioso. Siempre tiene mucho cuidado de no dejar rastro en sus víctimas. Por precaución, hasta se deshizo del sedal y el cable eléctrico que usó para estrangular a Meghan en uno de sus jueguecitos.

Aunque cuando empezó no se proponía tener un *modus operandi*, suele escoger personas de veintitantos y treinta y tantos en la puerta de bares y discotecas. Pero se deja llevar por la curiosidad y va cambiando la forma en que las mata. Además, claro, está el agua del pantano. Después de que apareciera la cuarta víctima, la prensa lo apodó «el carnicero del pantano», por su afición a abandonar los cadáveres en el agua sucia del pantano, a plena vista. Al principio no le importaba, pero ya está harto. Últimamente lo aburre esa rutina estanca. Aparte de que, si resulta predecible, se arriesga a que lo atrapen. Está preparado para servir un plato nuevo.

—¿Tú crees? —pregunta, saliendo de pronto de su ensimismamiento y haciendo girar la silla para mirar a Corey.

Su compañero ríe y, alargando la mano, señala la parte del artículo donde se indica el tiempo que llevan ya desaparecidos Katie y Matt.

—¡Ya te digo! Esos dos imbéciles desaparecieron hace casi una semana. Se acabó. Tíralos al pantano y listo.

Jeremy no puede evitar que la ingenuidad de Corey le haga sonreír. Lo reconforta oírlo manifestar tanto desdén por sus invitados como él mismo.

—Igual tienes razón, amigo. Además, por lo menos, si aparecen, se acabará tanta vela y tanto rezo. No aguanto a esas zorras sedientas de fama, ansiosas por tomar protagonismo —tercia Jeremy poniendo a prueba los límites de la apatía de Corey.

Su compañero suelta una carcajada y, doblándose ligeramente hacia adelante, asiente con la cabeza.

—¡Tal cual! —exclama—. Ya te lo digo yo: este fin están alimentando a los gusanos.

Casi da en el clavo, y eso decepciona un poco a Jeremy.

—Bueno, que ya me están mirando mal; voy a empezar a ganarme el sueldo —dice Corey con los ojos en blanco. Jeremy ve que su jefe los observa, disfrutando del escaso ascendiente que tiene sobre su reino de cubículos. Corey pega suavemente con el puño en la pared del de Jeremy y añade—: Casi se me olvida: el sábado por la noche haré un monólogo en el Tap. Ve si puedes. Cuanta más gente venga, mejor.

Jeremy asiente.

—Sí, amigo, intentaré ir. ¡Suerte!

Dicho esto, Corey vuelve corriendo a su sitio y Jeremy se pone a trabajar.

6

Wren se siente frustrada. La irrita infinitamente que haya cadáveres sin identificar en su depósito. Se debe, sobre todo, a su manía de terminar lo que empieza y tachar cosas de la lista de tareas pendientes. No le gusta dejar nada a medias, menos aún cuando se lo recuerdan cada vez que abre la cámara mortuoria. Además, esas desconocidas no solo le generan inconvenientes administrativos, sino también una profunda tristeza. Las ve al cerrar los ojos por la noche. Las oye pedirle que les ponga nombre, suplicarle una vida con epílogo. No logra deshacerse del temor de que la persona amada de alguien se encuentre en esos momentos en una fría bolsa mortuoria, sin identificar. La soledad de esas desconocidas la persigue. Se ha propuesto evitar que su anonimato dure mucho tiempo.

Leroux pasa la mano enguantada por la lividez rosada del brazo derecho de la víctima y mira a Wren.

—Así que ahora ese desgraciado intenta complicarte la estimación de la hora de la muerte… —afirma más que preguntar.

—Lo intenta… y lo consigue —replica ella meneando distraída la cabeza antes de girarse para cambiarle la hoja al escalpelo.

—Pues es rarísimo que pretenda algo tan específico, ¿no? ¿Cuántos de esos idiotas saben siquiera que eso se puede hacer? —Wren no contesta y, en su lugar, practica un corte para iniciar la evisceración. Luego niega furiosa con la cabeza. Leroux suelta una risita, retrocede y se recoloca la mascarilla—. Seguro que lo hizo para molestar a la forense —bromea ladeando la cabeza—. Tienes a ese tipo en demasiada estima. Sé por experiencia que no son más que bobos vestidos de lobos.

Ella deja de cortar y lo mira indignada.

—No digo que sea su única intención, solo que no me hace gracia que un idiota sin escrúpulos con complejo de Hannibal Lecter o lo que sea ponga a prueba mis aptitudes.

Saca una especie de tijeras de podar y parte con ellas cada una de las costillas desde abajo hasta las clavículas. La fuerza que debe hacer y el chasquido de los huesos al partirse le producen la catarsis perfecta cuando se siente frustrada. La densidad de las clavículas requiere un esfuerzo adicional que Wren disfruta en esos momentos.

—Entonces, no te va a gustar nada lo que te voy a decir —contesta Leroux apartándose para que ella pueda situarse al lado izquierdo de la caja torácica.

La forense gruñe sin interrumpir su trabajo.

—Suéltalo ya —le espeta entre fuertes chasquidos de huesos.

Él silencia la llamada que le entra en el celular y se recuesta en la encimera.

—Estamos convencidos de que tenemos entre manos a un asesino en serie.

—¡No fastidies! —responde ella con fingida incredulidad. Leroux no dice nada, pero la mira fríamente—. Eso te lo podría haber dicho yo, John. ¿Cuándo me das la placa de inspectora? —contesta socarrona, con los ojos en blanco y una sonrisa maliciosa.

Él cierra los ojos exasperado.

—Bueno, lo asombroso no es eso, Muller. —Rodea la mesa de autopsias hasta el lado opuesto y, apoyando las manos, se inclina hacia adelante—. Este presunto asesino en serie va dejando pistas de sus próximas víctimas y me parece que tenemos una de una futura escena, pero aún no hemos podido descifrarla.

—Como no te expliques… —le dice Wren confundida.

—Tranquila, Muller, que aún no lo sabemos con certeza. Puede que, con la basura que ha dejado en los otros cadáveres, esté intentando indicarnos la ubicación del siguiente. Seguro que recuerdas el papel que llevaba en la garganta la víctima hallada detrás del Twelve Mile Limit…

Wren deja de hacer lo que está haciendo y asiente con la cabeza, instándolo a continuar. Se han encontrado recientemente dos cadáveres con objetos extraños en la escena. La idea de que el asesino esté haciendo teatro le provoca una mueca de desdén que no es capaz de disimular. ¿Cobrarse una vida humana no es bastante drama ya? ¿Tanto anhelan la validación del prójimo que tienen que convertir la carnicería de turno en una caja sorpresa con resorte? Todo es cuestión de control. A esa clase de monstruos los envalentona dejar claro que están al mando. Pero Wren sabe que esas tarjetas de visita revelan inseguridad más que seguridad, como el que cuenta un chiste y luego se pasa media hora explicando la gracia, en vez de dejar que el chiste hable por sí solo. Es la conducta típica de quien está desesperado y se siente incómodo, un paso que solo dan los asesinos célebres más patéticos, esos pequeños demonios tremendamente narcisistas que exigen ovación.

En los setenta, a Dennis Rader, alias BTK por *bind, torture and kill*, no le bastaba con asaltar, maltratar y asesinar a mujeres inocentes en sus casas. Anhelaba tanto la fama que avisaba a la policía dónde había cometido el crimen. Cuando se cansó de informar de sus hazañas a las autoridades, se dedicó a escribir cartas y poemas a la prensa, y a dejar espeluznantes maquetas de sus delitos por toda la ciudad para que las fuerzas del orden las encontraran. Ese afán por acaparar atención terminó siendo su perdición. Su ansia por destacar lo llevó a cometer la torpeza de preguntarle a la policía en una de sus misivas si con un disquete podrían localizarlo. La policía contestó que no y él lo creyó. Se consideraba tan poderoso e intocable que hasta la policía cedería a sus disparatadas aspiraciones. Se equivocó.

—Los del laboratorio pudieron ver lo que había en el

papel, al menos en parte. Era el séptimo capítulo de una novela de bolsillo. Pregunta: ¿en qué pantano encontramos a la segunda víctima?

—En el de Las Siete Hermanas —contesta ella pensativa—. Pero ¿no te parece muy descabellado? Es mucha casualidad, sí, pero…

Leroux levanta un dedo para interrumpirla.

—Al libro que se encontró en la escena del pantano de Las Siete Hermanas le faltaba un capítulo: el siete. Hemos confirmado que es de la misma novela. Y eso no es todo —añade, satisfecho de sí mismo, señalando los restos de lo que en su día fuera un ser humano vivo—. Ella llevaba un papelito en la ropa. Lo estamos investigando por si nos da alguna pista de la próxima escena. Tengo a todo el equipo en ello, pero te traje una fotocopia. Nos vendría bien otro par de ojos.

Se saca un papel del bolsillo trasero del pantalón, lo desdobla y se lo deja en la mesa de autopsias a Wren, que se quita los guantes e inspecciona la fotocopia.

—Este patrón de flor de lis… —dice, inclinándose sobre la mesa en la que se encuentra el cadáver y señalando el dibujo que bordea parte del papelito—. ¿Es mate o tenía brillo antes?

—Era algo satinado. ¿Cómo se dice…? —Aprieta los ojos y levanta un puño; luego señala con un dedo—. Iridiscente. Y como en relieve.

Ella asiente con la cabeza y continúa estudiando la fotocopia.

—¿Qué es esto otro de aquí?

Leroux se inclina un poco y ella ladea el papel para que lo vea mejor.

—Ah, es la credencial de la biblioteca de la que se sacó el libro. Como digo, siempre viene bien otro par de ojos.

—Philip Trudeau. Me suena… —musita Wren mirando fijamente el apellido.

—Bueno, al final resultó ser un callejón sin salida —protesta Leroux con un manotazo al aire.

—Sí, no soy inspectora de Homicidios, pero mi intuición de civil me dice que es bastante inverosímil que un presunto culpable deje su nombre y su teléfono en la escena del crimen.

—Sí, sí. Localizamos a Philip Trudeau. Vive en Massachusetts. El pobre no ha vuelto por Luisiana desde que terminó secundaria, hace veintitantos años. Y ese libro estaba registrado en la Biblioteca Pública de Lafayette hasta hace unos diez días —le explica Leroux. Vuelve a mirar el celular y suspira—. Tengo que atender esta llamada, pero sigue dándole vueltas.

Abandona aprisa la sala de autopsias. Wren deja la fotocopia en la encimera que tiene a la espalda y se calza unos guantes limpios. Levanta la placa pectoral del cadáver de la víctima y echa un vistazo al reloj que hay sobre el dintel de la puerta.

—La noche va a ser larga, cielo.

7

Jeremy termina su jornada a las 17:08, firma su salida, recoge sus cosas y se dirige a la puerta.

—¡Sábado por fin! —grita Corey desde la otra punta del océano de cubículos.

Jeremy levanta la mano a modo de confirmación, pero pasa por recepción aprisa y en silencio, y sale al estacionamiento. Suelta un suspiro hondo y nota cómo su cuerpo libera todo el estrés casi de inmediato. La vida en un cubículo es una auténtica barbarie.

Al subirse al coche, le cae encima el peso del sol de todo el día. El aire acondicionado no le proporciona consuelo instantáneo; al contrario, lo asalta por ambos flancos un chorro de aire caliente y rancio. Abrir la ventana apenas reduce la sensación de ahogo. Mientras regula la respiración sofocada para ajustarla a la ráfaga de aire frío que sale por fin de las rejillas, no puede evitar preguntarse si será así como se siente uno cuando muere estrangulado: un instante de pánico impotente y nauseabundo seguido de una súbita sensación de alivio.

Pero a Jeremy lo que le gusta es infligir dolor, no proporcionar alivio. La mecánica del dolor es a la par intrincada y sencilla, una dicotomía fundamental. Desde el punto de vista psicológico, el dolor requiere una sinfonía perfecta de reacciones químicas. Para que la sensación se materialice, cada instrumento debe entrar en el momento preciso. Un estímulo hace que una fibra nerviosa periférica envíe un impulso que la corteza somatosensorial, a su vez, percibe e identifica. Si se interrumpe el estímulo en cualquier parte de su recorrido, la sensación disminuye, pero lograr que ese impulso eléctrico haga su recorrido hasta la percepción es algo que hasta un troglodita podía dominar. Basta con un objeto, romo o afilado, y un poco de fuerza. ¡Fascinante!

Recuerda la primera vez que vio el dolor y lo reconoció. Tendría siete años y estaba leyendo en la sala de la casa en la que aún vive. Al pasar la página, lo oyó. Fuera, la camioneta de su padre entró por el caminito de tierra y la puerta del vehículo se abrió y se cerró de golpe con una fuerza que revelaba su irritación. Refunfuñando, maldiciendo y escupiendo, su padre se dirigió al cobertizo.

Jeremy se levantó de un brinco y salió corriendo a ver qué ocurría y, al hacerlo, oyó un ruido. Venía de la zona de carga de la camioneta y lo producía un ser agonizante. Al principio pensó que se trataba de un niño herido. El llanto era tan humano y atormentado: una serie de gemidos y lamentos que lo fascinaban y repelían en igual medida, y hacían que cada célula de su ser vibrara de emoción. El calor de aquella tarde a última hora, que se le echaba encima como una manta gruesa, siniestro y fatídico, lo instaba a buscar refugio, pero algo se lo impedía, como si un hilo invisible tirara de él hacia la figura llorosa de la camioneta. Aupándose para mirar adentro, vio allí tendida a una cierva, aterrada y retorcida. Reparó en la pata visiblemente rota y en una herida abierta que se extendía desde la comisura izquierda de la boca hasta el hombro. Los costados y el vientre del animal subían y bajaban con respiraciones tan dificultosas y horrendas que hasta a él le costaba respirar. Al animal le sangraba la nariz y sus ojos espantados revelaban miedo y dolor. Aún hoy, cuando cierra los suyos, Jeremy sigue viéndolos. Aquel día, no pudo apartar la vista de ella. Se quedó allí plantado unos segundos, compartiendo un momento terrible con una criatura hermosa.

Muy oportunamente, la música surcó el aire. Su padre había encendido la radio antiquísima del cobertizo. Le gustaba escuchar música mientras trabajaba. «These Boots Are Made for Walking», de Nancy Sinatra, escapaba sugerente por los altavoces.

—Baja de ahí, hijo, que la vas a asustar y necesito que cesen esos aullidos —lo instruyó su padre mientras salía despacio del cobertizo al jardín lateral.

Llevaba un rifle de caza colgado del hombro y, con una mano, le hizo una seña a Jeremy para que se apartara del animal herido.

—¿Qué pasó, papá? —preguntó el niño tímidamente bajando de un salto de su atalaya.

Su padre se pasó una mano por el pelo rubio y se frotó nervioso el mentón. La fricción produjo un ruido que Jeremy ya conocía bien.

—Se me cruzó demasiado rápido. La pobre estaba tan destrozada, tendida en la carretera, que no podía dejarla allí aullando. Como no iba armado, la traje aquí —respondió con naturalidad mientras rodeaba la camioneta y abría el portón trasero.

Jeremy pudo verla mejor entonces, tirada en una vieja lona sucia que en su día había sido blanca, pero, con el uso, se había vuelto de un *beige* mugriento. Por todo el tejido iban floreciendo las manchas de sangre. De pronto, a la cierva le asomaba la lengua por la boca. Mientras la observaba atentamente, su padre acercó al portón una carretilla grande y miró a Jeremy.

—¡Qué bien que estés aquí, hijo! —dijo dándole una palmada en la espalda que lo catapultó hacia adelante.

—¿Qué vas a hacer? —preguntó él, entusiasmado.

—Hay que matarla. Sería una monstruosidad dejarla sufrir más tiempo.

Jeremy notó que se le cortaba la respiración.

—¿Matarla? —repitió sin apartar los ojos de la cierva.

—Así es la vida, hijo. No se debe permitir un sufrimiento innecesario. Además, hay jerarquías. Unos están en lo más alto y a otros les toca serles de utilidad. El sacrificio de esta cierva nos dará buena carne —le explicó y tiró de la lona, con lo que el animal se revolvió de pronto—. Vamos, ayúdame a bajarla.

El niño estaba pasmado. Sin pensarlo mucho, ayudó a tirar de la lona hacia el portón y luego subió a la camioneta para empujar a la cierva mientras su padre seguía tirando. Los aullidos del animal se hicieron intensos y apremiantes. Pedía auxilio, trataba de alertar a los suyos, pero ya estaba demasiado lejos de su hogar.

Cayó en la carretilla con un estruendo repugnante. Se oyó una especie de chasquido y después más aullidos lastimeros. Su padre se la llevó enseguida a la parte trasera de la casa y el niño lo siguió sin mediar palabra. Cuando llegaron al borde del bosque, ayudó a bajar al suelo al animal.

—Ven aquí conmigo, hijo —le pidió su progenitor para que se apartara de la criatura y se pusiera a su lado. Erguido, apuntó el arma, apoyando el pie en la pata trasera de la cierva y bajando el rifle hacia la cabeza del animal. La cierva aulló más fuerte, como si presintiera su aciago destino—. Ahora hay que acertarle entre los ojos —comentó en voz baja—. Cuando te deshaces de un animal herido, hay que hacerlo rápido.

Dicho esto, apretó el gatillo sin avisar. El disparo sobresaltó a Jeremy. Fue como si todo se ralentizara durante un segundo. Luego se hizo un silencio brusco, como un aguacero repentino, que le provocó un estremecimiento. Se quedaron allí un instante, su padre y él. Visto con perspectiva, considera aquel día esencial en su desarrollo. Fue testigo del sufrimiento, del dolor y del alivio de la muerte.

Cruza la puerta de su hogar y tira las llaves al platillo de cobre que hay nada más entrar. Imagina que el repentino estrépito del choque de metal contra metal probablemente sobresalta a sus invitados, y lo excita pensar en el temor que eso les produce. Va directo al fregadero de la cocina y empieza a lavarse con energía las manos, deshaciéndose de los gérmenes que sin duda ha adquirido en la oficina. Se desabrocha la camisa y, entusiasmado, se dirige a la puerta del sótano. Solo se detiene unos segundos para colgar la camisa en un gancho situado estratégicamente en la pared. Antes de abrir la puerta mal engrasada y bajar la escalera, se estira la camiseta interior blanca.

8

Wren pasa la tarjeta por el lector para abrir la imponente puerta de la morgue y baja los escalones que conducen al estacionamiento trasero. Se instala al volante de su modesto coche negro y echa enseguida el seguro. Vio lo que les ocurrió a demasiadas personas que se subieron tranquilamente al coche mientras un depredador las acechaba en las proximidades.

Una vez dentro, dedica un instante a recomponerse antes de volver a casa. Con la brisa cálida le llega un murmullo de voces y, al levantar la vista, descubre a Leroux saliendo a escondidas por la puerta de atrás, repeinándose con la mano. Está a punto de darle una voz cuando ve que va a hablar por teléfono: toquetea la pantalla del celular y se lo acerca a la cara. Lo lleva en manos libres y su interlocutor parece nervioso.

—Soy Ben. No ha salido nada del libro.

Leroux resopla, se sienta al volante de su coche y saca un cigarro de debajo del parasol del copiloto.

—Carajo, ¿ni una huella parcial?

—Lo siento, amigo —contesta Ben muy decepcionado—. Pensaba que esta vez sacaríamos algo.

El inspector sostiene el cigarro delante de los labios un instante.

—¿Ese idiota va con guantes a la biblioteca? ¿Cómo consigue esas escenas impolutas? —espeta, encendiendo el cigarro y dándole una calada larga y rápida—. ¿Primero torea a Muller y ahora a ti? ¡Me dejó sin especialistas!

Aunque le irrita el comentario, Wren sigue observándolo mientras una nube de humo escapa por la ventanilla abierta del vehículo policial. Leroux lleva tiempo de sobra en el cuerpo para saber que los casos no se resuelven tan fácilmente como en la tele, pero está acostumbrado a encontrar algún hilo del que tirar.

Hasta Israel Keyes, uno de los asesinos en serie más meticulosos y extraordinariamente astutos que ha conocido la humanidad, terminó metiendo la pata. Todo lo que hacía estaba meditadísimo. Solía desplazarse, a veces incluso en avión, coche o tren, para secuestrar y asesinar al azar, enterrando kits de homicidio por todo el país con el fin de tener las herramientas siempre disponibles a su llegada. Pese a su empeño en distanciarse de sus víctimas, fue un delito cometido en su lugar de residencia lo que facilitó su detención. Al ver a la joven que atendía el puestecito de café de Anchorage donde tenía pensado robar esa noche, echó a perder años de control absoluto. La secuestró, la violó y la asesinó en su propio coche sin planificación ni premeditación. El rapto espontáneo quedó grabado por una cámara de seguridad y, cuando Keyes quiso huir, lo registraron también las cámaras del banco en el que sacó dinero con la tarjeta de la víctima para poder escapar. Su impoluto reinado de horror terminó por un par de descuidos. Wren confía en que a este asesino lo aguarde un destino similar.

Mientras succiona otra nube de toxinas con las que calmar los nervios disparados, Leroux lleva escrita en el rostro la pregunta: ¿habrá engendrado Nueva Orleans un asesino en serie capaz de superar el grado de maquinación de Israel Keyes? Se oye reír a Ben por el altavoz y, de fondo, una ruidosa máquina de café.

—Bueno, por lo menos también toreó a Muller.

El inspector suspira y responde con un gruñido:

—Habrá que volver a la casilla de salida. Gracias, amigo.

—De nada —contesta el otro, que cuelga enseguida.

Wren no puede ofenderse. Todos ellos han hecho un esfuerzo. Leroux tiene muy mala cara; cuando tira la colilla y sale del estacionamiento, Wren le ve las ojeras. La forense suspira y arranca el vehículo. La música estalla por los altavoces a un volumen incómodo que perturba el silencio de las calles prácticamente abandonadas de alrededor de la morgue. Silencia la radio, conecta el celular por *bluetooth* y elige un pódcast para el breve trayecto a casa. Pero no logra distraerse. No se quita de la cabeza el nombre de la credencial de biblioteca. Según Leroux, Philip Trudeau es una pista falsa, pero a ella ese nombre le resulta muy familiar. «¿A cuántos Philip Trudeau puedes conocer en la vida?».

Para en su calle, debatiéndose entre hacer caso de ese mal presentimiento o confiar en que Leroux y su equipo hicieron bien descartando al tipo de Massachusetts. Estaciona el vehículo a la puerta de su domicilio y sube los escalones de su viejo y maltrecho porche. A su casa, desde luego, le pesan los años, pero a ella le encantan su personalidad y sus múltiples rarezas.

Cuelga las llaves en el gancho que tiene a la entrada, pasa a la cocina y deja las bolsas en el suelo. Está agotada, pero, como no le apetece irse a la cama, echa un vistazo al reloj digital del horno y se hace un café. Casi todos sus amigos se toman una buena copa de tinto después de una larga jornada, pero a Wren nunca le ha gustado el vino. Le sabe a jugo de uva calizo dejado al sol y siempre le da dolor de cabeza. El aroma cálido y agradable del café recién hecho la relaja de inmediato. Inclinada sobre la encimera, escucha el borboteo de su bebida mientras se hace.

«Philip Trudeau», repite mentalmente y luego en voz alta, esperando que emerja de forma espontánea algún recuerdo enterrado. Procura no despertar a su marido, Richard, que duerme arriba. El pobre madruga y Wren intenta que su tendencia a trasnochar no perturbe su descanso.

Con la taza de café entre las manos, se dirige al sofá de la sala y se deja caer sobre sus cojines desgastados. Richard lleva un tiempo deseando cambiarlo por otro, pero a Wren le cuesta deshacerse de él. Ya se hicieron el uno al otro. El mobiliario nuevo siempre tiene esa fase larga de integración en la que no te acoge como debería. La rigidez de un sofá recién estrenado es algo para lo que ella no tiene paciencia, y menos últimamente.

Ni siquiera después de beber unos sorbitos de café se ve capaz de dar por concluido el día e irse a la cama. No se quita de la cabeza a la víctima del depósito. Su asesino es listo, lo bastante como para entender la frustración que un cadáver refrigerado puede causar a quien debe deducir la hora de la muerte. Además, esta vez ha sido aún más astuto: se tomó la molestia de ocultar su identidad, lo que parece indicar que aprende y se adapta. Ni siquiera emplea siempre el mismo método para quitarles la vida a sus víctimas, como si estuviera experimentando. Es un individuo curioso y un investigador concienzudo, una combinación peligrosa.

—¡Wren!

—¿Qué? ¡Ay, hola, cariño! —responde ella cuando una voz familiar la saca de golpe de sus pensamientos.

Richard bosteza y se acerca a la butaca que Wren tiene delante, donde se deja caer como un saco de papas.

—¿Estás en este mundo? —le pregunta sonriendo, y ella ríe por lo bajo.

—Perdona, no quería despertarte. Quería relajarme un poco antes de irme a la cama.

—Parecías ausente. Te llamé dos veces antes de que salieras del trance.

—Fue una noche larga.

Se recuesta en el sillón y da otro sorbo al café. Él se inclina hacia adelante y, con los codos en las rodillas, junta las manos.

—Sí, me parecía que esta noche tendrías para rato.

Richard siempre es muy comprensivo. A veces Wren se pregunta por qué, pero jamás da por supuesta su empatía.

—Este caso está siendo superfrustrante, por no decir brutal —suspira, mordiéndose el labio—. Solo quiero atrapar a ese tipo.

—Eso es lo malo, cariño: que tú no tienes que atraparlo. Es cosa de la policía. Céntrate en lo tuyo. Trabaja con lo que tengas.

Sabe que Richard tiene razón, pero aún no le ha hablado de Philip Trudeau ni de la molesta sensación de que ese nombre alberga algo que ella debe descubrir. En vez de hablarlo con su marido, lo complace y se levanta del canapé.

—Lo sé.

—Vámonos a la cama.

Wren asiente con la cabeza y se acerca al fregadero mientras Richard se dirige cansino a la escalera. Ella tira el café tibio por el sumidero y de pronto se ve reflejada en la ventana de encima de la pila. ¡Qué mala cara tiene esa noche!

Repara en que su plantita de albahaca está a punto de marchitarse. La refresca enseguida con un poco de agua de la llave, consciente de que habrá revivido por completo dentro de unas horas.

—Bebe, bebe, chiquitina.

Apaga la luz y sube al dormitorio, preguntándose si ese asesino en serie regará alguna vez las plantas.

9

El trayecto a la facultad se hace eterno cuando hay tráfico, pero a Jeremy no siempre le fastidian los atascos: es
un momento en que puede estar completamente solo
sin que nadie interrumpa sus pensamientos.

Hoy no es uno de esos días.

Está nervioso y siente un hormigueo constante en las
piernas. Taconea y sacude los pies, intentando detenerlo
en vano. Le ha costado mucho tiempo y esfuerzo decidir
lo que quiere hacer a continuación y, ahora que casi lo
tiene, no puede dejar de pensar en ello. No para de re-
producir mentalmente la jugada. Ya casi percibe el entorno y huele la desesperación. Enciende la radio y se
pellizca el puente de la nariz mientras cambia a la emi-
sora local.

«La víctima, una mujer blanca de veintitantos, fue hallada en la parte posterior de un conocido local nocturno
a primera hora de esta mañana. El cuerpo se trasladó al
depósito de cadáveres, donde hoy mismo está previsto
que se le practique la autopsia».

Jeremy nota que se le acelera el pulso y se ruboriza. Le da un subidón cada vez que se entera que a esa bola de polis inútiles le llegó otro de sus invitados. Lo único que los distingue de los delincuentes a los que persiguen es una suerte de falsa moralidad, algo frágil que podría hacerse añicos en cualquier momento, como cuando revienta una copa.

Y luego está la forense. Por mucho que presuman los patólogos de que los muertos les hablan, no es verdad. Podrán determinar la hora de la muerte, a veces, pero ni se imaginan lo que se le ha pasado por la cabeza a cada víctima mientras inspiraba con dificultad sus últimas bocanadas de valiosísimo aunque fútil aire. Un patólogo forense puede explicar con precisión lo que sucede cuando un corazón deja de latir, pero no puede publicar un estudio detallando la verdadera angustia experimentada por la víctima ni catalogar el placer desenfrenado que provoca causarla. Un forense ha blandido muchas veces una sierra de huesos, pero jamás ha agarrado por el pescuezo a nadie. La muerte y el dolor no pueden desglosarse en un informe de autopsia, ni mucho menos. Son algo primitivo que no se enseña ni en aulas ni en laboratorios.

No tiene ni idea de lo que se le viene encima a ese equipo de supuestos expertos que sigue buscando a un asesino sistemático con un patrón establecido. Ninguno de ellos prevé un cambio de rutina. Mientras continúan devanándose los sesos para montar un perfil desactualizado, él estará orquestando su obra magna.

Cuando empieza a disolverse el atasco, Jeremy sale de pronto de su ensimismamiento.

«Atrápenme si pueden».

10

«¿Esto es la muerte?».

Wren se ve envuelta en una oscuridad tan densa que casi le parece que podría masticarla. Un calor abrumador la consume en la penumbra. Se le acelera el corazón y la negrura refulge en rojo. Quiere abrir la boca porque lleva un sollozo atrapado en la garganta. Le duele el pecho y se esfuerza por pedir socorro a gritos, pero no sale nada.

Entonces, sin previo aviso, la oscuridad se disuelve y ve a sus padres. Están allí plantados los dos, en una habitación blanquísima, su madre agarrada al brazo de su padre, con el rostro desfigurado de dolor. Los abraza enseguida. Percibe el perfume casero de manzana de su madre y el aroma tranquilizador, limpio y cálido de su padre. Se aferra a ellos un instante y deja que el aire se impregne de alivio.

Pero de pronto siente frío. No hay brazos que la envuelvan a ella también. Echa la cabeza atrás para verlos mejor. Al estudiar sus ojos llenos de lágrimas, descubre que no la ven en realidad.

—¡Mamá! ¡Papá! —suplica acariciándoles la mejilla. Ellos siguen tomados del brazo, pero distantes de ella. Wren vuelve a tener calor, un fogonazo mezclado con náuseas. Intenta de nuevo llamar a sus padres, esta vez gritando por encima del ruido de fondo que le destroza los oídos—. ¡Mamá! ¿Dónde estamos? ¡Ayúdame, por favor! —implora inútilmente.

Su madre tiene los ojos cansados e irritados de llorar. Parece impotente y no reacciona al llanto de Wren. Entonces resuena algo en medio del ruido de fondo. Le resulta familiar, pero no son ni las voces de sus padres ni la suya propia.

—Te estás muriendo, Wren —le dice con desenfado una voz de hombre. A Wren se le hiela la sangre. Mira a sus padres, sin soltarlos ni echar la vista atrás, pero se desvanecen como el humo. En cuanto desaparecen, ella cae al suelo de rodillas y, cuando el hombre vuelve a hablar, se le escapa otro sollozo ahogado, seguido de un estremecimiento—. ¿Qué te pasa en las piernas, Wren? —le pregunta.

Ella se mira las ingles y se pone en pie. Al pisar el suelo, le parece estar en el agua. Se bambolea y pierde el equilibrio. Él se burla de ella. De sus labios escapa una risita grave y cortante que, cuando Wren vuelve a caer de rodillas, se convierte en una carcajada.

—Las piernas… —susurra ella.

No se las siente; son como ramas muertas de un árbol milenario. Por fin se voltea a mirarlo cuando se acerca a ella. Va limpio, casi esterilizado, con una camiseta blanca y unos *jeans* sin una sola mota de polvo encima. Tiene la cara borrosa. Al verlo caminar, le falta el aire. Tose desesperada y siente arcadas, como si le hubieran metido un atizador incandescente por la garganta.

—Shhhhhh… —ronronea él, acuclillándose a su lado y poniéndole un dedo en los labios.

Aunque no consigue verle bien la cara, sabe que está sonriendo. Instintivamente, empieza a dar manotazos para zafarse de él. Arrastrando sus pesadas piernas, palmea la superficie resbaladiza en la que descansa, ansiosa por poner distancia entre los dos.

—Corre —le susurra él a la espalda. Ella intenta llorar, pero no le sale nada de la boca, ni siquiera un aliento. La estancia se curva y se mece, y el calor empieza a ser insoportable—. ¡Corre! —le dice más alto, riendo al verla temblar como una hoja. Ella niega con la cabeza y se aparta con la ayuda de una mano. De pronto todo está borroso, la habitación blanca se convierte en un recio telón ante sus ojos. Mientras la oscuridad comienza a cerrarle el campo de visión como si fuera el objetivo de una cámara, oye un último sonido aterrador—. ¡Corre! —grita él.

Cuando la luz alumbra su cuarto, Wren se incorpora en la cama. Respira con dificultad, empapada en sudor. Por un segundo, no sabe si está despierta y a salvo de la horrenda pesadilla. Mira alrededor con los ojos entornados, procurando obligar a su cabeza a aclimatarse. Se nota el corazón desbocado en el pecho y se toma unos instantes para recobrar el aliento.

—¡Dios mío! Fue la peor pesadilla de mi vida —consigue decir a la habitación vacía, y saca las piernas por un lado de la cama.

Apagó sin querer el despertador y observa que, por la ventana de su lado de la cama, entra el sol a raudales. La persiana está torcida, enganchada en la pintura algo descascarillada. Aunque no debería parecerle del todo anormal, tampoco puede evitar la paranoia que, en el fondo, se apodera de ella. Esas víctimas sin nombre la siguen a casa y siempre teme que sus asesinos lo hagan también. Menea la cabeza para deshacerse de ese pensamiento intruso. Es demasiado pronto. Recoloca la persiana y se mete en la regadera.

Mientras el agua se calienta, Wren se cepilla los dientes, divagando de nuevo. Va cumpliendo su rutina diaria y, entretanto, piensa en su próximo día libre. Le vendría bien apartarse un poco de esa cosecha de cadáveres relacionados, hallados en todos los rincones de la ciudad. Veinticuatro horas enteras sin tener que asomarse a una cavidad torácica es casi una fantasía a esas alturas. Fantasea con la idea de pasar un rato tranquilo con su marido, sentados sin más en algún sitio. ¡Dios mío!, Richard le jugó esa broma de «¡Vaya, cómo te pareces a mi mujer!» tantas veces en lo que va del mes que a ella hasta empezó a hacerle gracia otra vez. Parpadeando, vuelve al mundo real y pone fin al baño con un chirrido de la llave. La sesión de balneario ha terminado y es hora de vestirse para la realidad.

Wren planta la tarjeta de acceso delante del sensor y abre de un empujón la pesada puerta metálica. Casi de inmediato, recibe una cachetada de aire algo rancio y se dirige a su despacho.

Tira las llaves encima de la mesa y ve la pila reciente de carpetas que se amontonan en su bandeja de «CASOS NUEVOS». Suspirando, niega con la cabeza. La sobreabundancia de trabajo no suele abrumarla, pero ahora que se hizo público el hallazgo de otro cadáver en la zona y los medios han empezado a acojonar a los vecinos, Wren comienza a notar la presión. Que se le amontonen los casos nuevos es casi casi lo peor que puede pasarle.

—¿Pueden venir los dos enseguida? —grita dejándose caer en el asiento.

Dos técnicos de confianza entran corriendo en el despacho casi de inmediato. Uno de ellos, que aún se está atando los zapatos, da un traspié y está a punto de empotrarse en la librería repleta de atlas de anatomía, pero recobra el equilibrio en el último momento. Wren lo ve ruborizarse; se pone siempre muy nervioso.

—Hola, doctora Muller. ¿En qué podemos ayudarla?

—Hola. Voy a necesitar que se encarguen de un par de casos esta mañana —les indica, abriendo las dos primeras carpetas de la bandeja de entrada—. Tenemos una posible sobredosis: la mujer de veintitrés años hallada en la parte trasera del Tap Out. Sáquenle todas las muestras que puedan. Hay tubos nuevos con anticoagulante en el lado izquierdo del armario del pasillo.

El joven toma las carpetas y asiente con la cabeza.

—Hecho. ¿Extraigo las vísceras en bloque? —pregunta camino ya de la puerta.

—Sí, por favor, extráelas y déjamelas preparadas. No he observado indicios externos de traumatismo, pero, si encuentras alguno, avísame.

Wren abre la segunda carpeta y se voltea hacia el otro técnico, que aguarda a la puerta del despacho.

—Para ti tengo un hombre de cincuenta y seis años. Parece un simple suicidio. Se lo encontraron en su casa, con herida de bala en el paladar. Sin nota, pero ya te haces una idea. Era zurdo, así que busca residuos de disparo en esa mano.

Tras delegar en sus auxiliares los casos menos urgentes, Wren se levanta del asiento y entra en la sala de autopsias.

—Hoy te voy a atrapar —sentencia en voz alta.

El tiempo pasa volando en el laboratorio y a Wren la llaman para que vuelva a acompañar a Leroux a la escena de un crimen. Ahora lo está viendo caminar por la banqueta. Los dos absorbieron la energía profundamente negativa que rodea el lugar, decididos a encontrar alguna prueba crucial en el callejón contiguo al bar. El segundo grado de Wren, en Criminología, la convierte en un gran fichaje en ese tipo de casos, tanto dentro como fuera de la sala de autopsias.

La forense piensa en lo concurrida que está esa zona. Cuesta imaginar cómo ha podido hacer de las suyas el asesino sin ser visto. Es un callejón frecuentado de noche por cientos de personas, a la vez un atajo a las calles de detrás del local y un sitio donde traficar con drogas lejos del bullicio de la calle principal. Claro que ningún borracho con dos litros de bourbon en el organismo va a reparar en su entorno mientras enfila dando tumbos en una callejuela camino de la cama. Quizá el asesino pensó en lo fácil que sería soltar el cadáver ahí si lo hacía con naturalidad y procedió de ese modo. Wren quiere entender la mente criminal, pero ve que a Leroux ya no le hace falta entender nada. Solo quiere un nombre.

En el suelo, donde estuvo tendida la víctima, sigue habiendo una mancha de color marrón oscuro, como de café del día anterior. Casi parece que la tierra de debajo quisiera hacer emerger las pistas. Con frecuencia Wren se siente a un tiempo impotente y cautivada por la escena.

—Eligió humanos muy tipo cuadro de hotel —dice Leroux sin levantar la vista. Wren lo mira extrañada y, cuando está a punto de preguntarle por qué lo dice, él añade—: Fáciles de olvidar, pero no invisibles. Singulares, pero no alucinantes ni impresionantes —aclara.

Tiene razón. Las víctimas no fueron particularmente notables. No eran miembros respetados de la sociedad, pero tampoco absolutos marginados. No, el asesino no estaba cobrándose la vida de vagabundos ni prostitutas, como lo habían hecho otros en el pasado. Sabe que la justicia social castiga ese juego. Por eso mismo, escoger humanos destacados lo habría convertido en el centro de atención desde la primera gota de agua del pantano, así que tuvo la astucia de optar por individuos que no son ni príncipes ni mendigos.

Wren se hace un chongo, dándole varias vueltas a la liga y estirándose los mechones sueltos.

—Son como árboles caídos en el bosque: algunos los ven y se preocupan, pero la mayoría no quiere más que llevarse la leña gratis y seguir a lo suyo —dice Leroux mirándola, y luego se toma un momento, paseando nervioso por la banqueta, se agacha, estudia la mancha del suelo y vuelve a incorporarse.

—Eso lo convertiría en un tipo muy inteligente: premeditación y alevosía de otro nivel —responde Wren.

El inspector asiente.

—Eso mismo. Y se me hace que la cosa va a empeorar.

Wren coincide en silencio. Los dos tienen claro que los actos del asesino hasta la fecha no fueron casualidad. Lo que tienen delante es fruto de una investigación meticulosa, una gran planificación y una abstracción compleja.

Cuando están a punto de irse, con las manos vacías

e impregnados de la pesadumbre que provoca la escena del crimen, Leroux repara en algo. Está encajado en una grieta profunda de la banqueta, casi al borde de la calzada. Se acuclilla, se saca un pañuelo del bolsillo y, utilizándolo a modo de guante improvisado, toma con cuidado una tarjeta de visita de un blanco nuclear insertada en el concreto. La levanta para mirar el anverso y Wren lo ve palidecer. La tarjeta es del anatómico forense. Bajo el sello oficial, están el nombre completo y el cargo de Wren; en la parte inferior, sus datos de contacto.

Wren se acerca y alarga la mano enguantada. Leroux le da la tarjeta, desconcertado. Ella acaricia el sello en relieve, en la esquina derecha. La tarjeta es antigua, ella misma las rediseñó cuidadosamente hace seis meses, pero es suya, desde luego. Está limpia, tan limpia que es muy probable que alguien la haya dejado allí hace poco, y a propósito. Quienquiera que fuera, lo hizo después de que se levantara el cadáver y se retirara el precinto policial de la escena. No estaba allí al principio, cuando ellos llegaron. La habrían visto. Alguien les está enviando un recado.

—Esto no me gusta nada, John —dice Wren meneando la cabeza—. En serio. Me dan ganas de salir corriendo.

—No hace falta que desaparezcas aún, Muller, hazme caso. Te pondremos escolta porque es tu nombre el que aparece aquí, pero igual solo es que ese tipejo se cree muy listo por hacernos ver que sabe cómo investigamos —la tranquiliza, se saca del bolsillo una bolsa de pruebas y le arrebata con cuidado la tarjeta—. Además, está claro que le gusta asustar a la gente, sobre todo a las mujeres.

—Uf, John. Atrapa a ese tipo para que se me pase la paranoia, por favor.

Leroux se estira los pantalones y agarra a Wren del brazo.

—Lo voy a atrapar, te lo prometo —le dice confidencialmente.

—Confío en ti, de verdad.

—Me halaga —contesta él guiñándole un ojo y, adelantándose, se dirige al vehículo que lo espera—. Vamos a llevar esto a la sala de pruebas y así nos alejamos de esta mierda.

Ella asiente con la cabeza, aprieta fuerte los ojos, inspira hondo y suelta el aire despacio antes de voltear a mirarlo.

—Te sigo.

11

Sentado en la concurrida aula en forma de anfiteatro, Jeremy la observa. Emily escucha con atención la clase de Biología y toma apuntes detalladísimos. No para de pasear la mano por el cuaderno, haciendo tintinear suavemente esa pulsera que lleva casi siempre. El abalorio en forma de corazón anatómico, minúsculo y de plata, rebota con cada trazo del lápiz. Jeremy imagina que es el único que lo oye. De vez en cuando, ella asiente con la cabeza e inclina un poco el lápiz hacia adelante para indicar su adhesión a una teoría concreta. Mientras la mira, vuelve a sentir el burbujeo de la ilusión. Ver a Emily del todo ajena a lo que va a ocurrirle en breve resulta muy seductor.

A las siete y media de la tarde, al cabo de tres horas de clase, Jeremy cae en la cuenta de que no ha posado el lápiz en la página ni una sola vez. Se ha enfrascado de tal forma en sus pensamientos que las tres horas le han parecido minutos. Se levanta despacio, sin perder de vista a Emily, que recoge sus cosas y empieza a avanzar por la fila de asientos hasta el pasillo. Con las manos pegadas al cuerpo y chascándose los nudillos de todos los dedos, Jeremy sale al pasillo por delante de ella y esboza una amplia sonrisa. Emily no ve que lo tiene delante hasta que él la llama por su nombre, en voz muy baja.

—Señorita Emily Maloney —le susurra al oído antes de que ella pase de largo.

Sobresaltada, suelta una carcajada nerviosa y se lleva una mano al pecho con una sonrisa.

—¡Cal! —exclama—. ¡Qué susto me diste! Te juro que, después de tres horas de friega, estoy como zombi perdida.

Aunque ya lleva un semestre de clases, a Jeremy aún le cuesta identificarse con el nombre que se inventó expresamente para ir a la universidad. Se inscribió como «Cal» usando documentos falsos. ¡Cuántas trampas se pueden hacer aprovechando la desidia administrativa! A pesar de haber desempeñado su papel en horas lectivas, todavía no se ha acostumbrado. Se dirigen juntos a la puerta del aula mientras ella parlotea sobre lo poco que ayudan esas clases tan largas a que los alumnos asimilen los conceptos *a posteriori*. Jeremy apenas le presta atención. Anda distraído repasando mentalmente los próximos minutos. No puede cometer errores. El más mínimo desliz sería desastroso. Doblan la esquina y dejan atrás la Facultad de Biología. Él empieza a manipular con cuidado el trapo y el vial de plástico con cloroformo que lleva en el bolsillo.

—¿Tú crees que nos dejarán usar la calculadora en el examen? —pregunta ella, mirando por encima un correo electrónico en el celular. Él se encoge de hombros y, con disimulo, hace un agujerito en el vial ayudándose de la punta doblada a propósito hacia fuera del anillo que lleva en el pulgar. Mientras entran en el estacionamiento cubierto, nota cómo el líquido caliente empapa el trapo que envuelve el vial—. Nos darán un ábaco o algo por el estilo, ya verás. En vez de prepararnos, pasan por alto el hecho de que, en el mundo real, se usa la tecnología moderna —prosigue, aclarándose la garganta. Entre risas, saca las llaves de su coche y se acerca a la puerta—. Bueno, si quieres repasar los esquemas este fin, avísame.

Él sonríe y asiente con la cabeza.

—Sí, claro.

A Jeremy se le escapa de la bandolera un libro que cae al suelo de concreto con un ruido seco. Entre que lo recoge y vuelve a guardárselo en el bolsillo abierto, Emily lo mira unos segundos.

—¿Qué libro era ese? Busco alguna buena lectura con la que desconectar, ya sabes, para dentro de diez años, cuando por fin sea médico y siga sin tener tiempo libre —dice, sonriendo de oreja a oreja, y él suelta una carcajada incómoda. Lo desconcertó un poco y tiene que recalibrar.

—Ah, es una antología de relatos de terror. No parece ideal para desconectar. —Se recupera e, instintivamente, empieza a pasarse una mano por el pelo hasta que se da cuenta—. Pero quedamos para estudiar, claro. Te mando un mensaje. Conduce con cuidado.

—Perfecto. Hasta luego, Cal.

Emily se gira para abrir la puerta del coche y, en milésimas de segundo, él la agarra de la coleta cobriza con la mano izquierda, le da un rodillazo en la parte superior del muslo y le hace perder el equilibrio. Antes de que pueda entender lo que ocurre, Jeremy le echa la cabeza hacia atrás y le tapa la boca y la nariz con el paño empapado en cloroformo. Ella suelta las llaves y, arañándole en vano las manos, trata de recuperar el control. Entonces le entra el pánico.

Él contempla esos ojos grandes y espera pacientemente la incapacitación total. Cuando llega por fin y el cuerpo de su víctima se desmorona, Jeremy la mete en la cajuela y, antes de proceder, dedica un instante a respirar y organizar sus pensamientos. En cuanto remite el subidón de adrenalina, se calza un guante en la mano derecha, saca el vial de ketamina del otro bolsillo e introduce un poco en una jeringuilla pequeña. Le palpa el brazo a Emily en busca de una vena válida, la localiza y le inyecta la dosis para asegurarse de que siga aturdida cuando pase el efecto del cloroformo.

Mira un segundo al suelo y vislumbra algo brillante debajo de la defensa. Con el forcejeo, se le cayó la pulsera. Se agacha a recogerla y la ve de cerca por primera vez.

Solo entonces distingue la delicada E grabada en un lado del corazón. Se la guarda.

Por si acaso, le ata las manos a la espalda con una brida; luego recoge las llaves de Emily y se sienta al volante para volver a casa. Suelta un largo suspiro, se limpia las manos con una toallita desechable y, mirándose en el retrovisor, se recoloca un mechón de pelo castaño. El tinte ha empezado a mezclarse con las gotas de sudor de la frente. Se quita rápidamente la barba de tres días de Cal y se masajea la mandíbula con una sonrisa de satisfacción.

—Bien hecho, Cal —se dice.

12

—Igual debería quedarme en casa esta noche —reconoce Wren mientras se riza los mechones de pelo más largos, uno de los cuales se niega a plegarse a su voluntad y cae lacio entre los demás, como un globo desinflado.

Wren está en el baño, mirándose al espejo del botiquín. Se acaba de bañar y se puso la blusa negra de encaje, la «de vestir» que se compró hace casi un año. Ya no sale mucho, por lo que el solo hecho de pintarse los labios con algo más que vaselina hace memorable la ocasión.

Richard sale del dormitorio, a la izquierda de Wren. Se quitó los pantalones de pinzas y la camisa que suele llevar y se ha puesto unos *pants* grises y una camiseta vieja. Se masajea el pelo castaño claro y menea la cabeza.

—Ni de broma —le dice—. Wren, tienes que salir y pensar por una noche en algo que no sea trabajo. Te mereces descansar, ¿sabes?

—Que sí, pero me van a preguntar por el trabajo igual. Todo el mundo quiere conocer los detalles morbosos de mi profesión, y más después de tomarse unos martinis —contesta ella, rizándose otro mechón y ahuecando con la mano los que ya están ondulados—. Sobre todo mis amigas.

—Bueno, ya te arreglaste y te pusiste guapa. Sería un desperdicio.

—También me puedo quedar en casa así de linda. ¿Quién dice que el romance murió? A lo mejor esta es mi nueva imagen para los ratos de ocio —dice sonriendo y encogiéndose de hombros.

—Claro, yo siempre he dicho que mi mujer tendría que vestirse de fiesta todas las noches para tenerme contento.

—Lo sabía.

Richard acerca la cara al espejo de al lado.

—No te puedes escapar del cumpleaños de Lindsey.

Wren pone los ojos en blanco.

—Bueno, bueno, me convenciste.

Termina de rizarse el pelo y sacude fuerte la melena entera.

Wren entra corriendo en Brennan's. Ya llega tarde. Explora el salón verde en busca de sus amigas y por fin las ve entre la cantidad ingente de personas que ríen y disfrutan de sus preciosos platos de marisco de Luisiana. Lindsey, Debbie y Jenna están sentadas en el cubículo en forma de medialuna, y Marissa ocupa una silla tapizada de rosa coral enfrente de ellas. Al verla, la saludan nerviosas con la mano. El movimiento hace que Lindsey le tire por encima parte de su bebida a Debbie y, con el lío que se organiza, Wren se encuentra a gusto enseguida.

—¡Siento muchísimo el retraso, chicas! Me inventaría una excusa, pero ya me conocen.

Se sienta al lado de Marissa y se oye una carcajada general. Con una sonrisa, Lindsey le acerca a Wren un Bacardi con Coca-Cola decorado con una rodaja de limón y la insta a que alce la copa, su favorita y la única que va a disfrutar esa noche, porque una forense siempre está de servicio.

—Pues claro que te conocemos y nos encantas. ¡Qué bien que hayas venido!

Wren brinda con Lindsey, sonriente, y repara de pronto en el surtido de entradas que tiene delante. Debbie señala las ostras, expuestas con muy buen gusto en un plato justo delante de Wren.

—Prueba esto ahora mismo. Están de muerte, ya verás.

—Así podrás determinar la causa de tu propia muerte y darle un buen empujón a tu carrera.

Sus amigas, ya achispadas, ríen a carcajadas y contagian a Wren.

—Yo siempre estoy dispuesta a mejorar… ¿Qué tienen de especial?

—Las llaman «Oyster J'aime» —contesta Debbie exagerando el acento francés.

—Con crujiente de pan de maíz —añade Jenna devorando una.

—No me digas más.

Wren se come la suya enseguida y ve que sus amigas no exageraban. Cambiaría a Richard sin dudarlo por esa ostra cubierta de salsa de tomate criolla y crujiente de pan de maíz.

—¡Dios mío! Se quedaron cortas —dice entusiasmada, y le da un sorbo a su copa.

Las mujeres se ponen al día de trabajos, niños, parejas y cotilleos varios. Es agradable. Cuando empiezan a vaciarse los platos y las copas, Lindsey levanta la mano como si estuviera en clase. Siguiéndole el rollo, Marissa se hace la profesora y la señala, y resuenan las carcajadas por toda la mesa.

—Dime, Lindsey —dice entre risas.

—¡Quiero ir a una vidente, chicas! Andaaa…, vamos, porfaaa —suplica juntando las manos a modo de plegaria.

—¡Me apunto! —accede Debbie rescatando su tarjeta del platito de la cuenta, en el centro de la mesa.

Jenna hace lo mismo, deteniéndose un segundo a apurar su copa de vino blanco.

—¡Yo también! Quiero saber cuánto le queda de vida a mi suegra.

—¡Jenna! ¡Qué bruta! —la reprende Lindsey, quizá demasiado alto.

La otra se encoge de hombros, sonriente.

—Lo digo medio en broma.

Riendo, Wren se levanta y toma su bolso.

—Me parece una superidea.

—Doctora Muller, ¿quiere eso decir que te complace o incluso, me atrevería a decir, te entusiasma participar en ese disparate? —bromea Marissa agarrando a Wren del hombro y llevándose una mano al corazón.

—¡Vamos al Bottom of the Cup! ¡Está a solo unos minutos de aquí! —propone Debbie consultando el celular y volteando la pantalla para que todas vean las excelentes reseñas de la tetería esotérica más antigua y reputada de Nueva Orleans.

—¡Al Bottom of the Cup! —trinan al unísono.

El trayecto hasta el Bottom of the Cup por Conti Street y Chartres Avenue es corto y sopla la brisa. Wren ha hecho esa ruta cientos de veces, pero la ciudad siempre la cautiva, sobre todo de noche. Las luces proyectan en las calles sombras que se convierten en parte del camino, como si una sacerdotisa convocara a los loas, los espíritus del vudú de Luisiana. Por la noche, una especie de aura espectral a la vez que acogedora envuelve Nueva Orleans. De los balcones brotan, como cintas de raso, frondosos helechos y plantas trepadoras, complemento perfecto de los intrincados herrajes por los que se conoce el barrio francés. Al llegar a la puerta del Bottom of the Cup, los alaridos de emoción de sus amigas la sacan de su embeleso.

—¡Hola! Queríamos una sesión de diez minutos cada una, por favor —dice Lindsey señalando al grupo, que asiente con la cabeza.

El hombre del mostrador sonríe y se yergue.

—¡Estupendo! ¿Qué quieren esta noche: hojas de té, tarot o lectura de manos?

Lindsey se gira para sondear:

—¿Qué les gustaría, chicas?

Wren habla primero.

—Yo creo que tarot.

Está más familiarizada con el tarot. Aun siendo una escéptica autoproclamada, las cartas tienen algo que le resulta más mágico. Además, pese a que le parecen un montón de patrañas, disfruta del proceso, aunque solo sea por lo artístico y lo teatral.

—¡Tarot para todas, por favor! —sentencia Lindsey.

Wren se acomoda en la silla negra de la sala de espera y deja el bolsito sobre la mesa que tiene delante. Esas mesas son famosas por sus impresionantes dibujos de la rueda del zodiaco.

—¿A alguna le apetece un té mientras esperamos? —pregunta Debbie escudriñando los sabores.

Wren le sigue la mirada. Por las paredes hay expuestas decenas de sabores junto con diversos artículos metafísicos que prometen poner en situación a cualquiera que desee adentrarse en un reino más enigmático.

—Pues sí, me apetece mucho un té. ¿Qué pensabas pedir? —dice Wren mientras explora los nombres y los ingredientes, algo abrumada por la cantidad de opciones y combinaciones de sabores.

—Estoy entre el té del Monje y el Fiesta en los jardines del palacio de Buckingham —responde Debbie con una risita.

—Uy, el Fiesta en los jardines del palacio de Buckingham, desde luego, aunque solo sea por el nombre —decide la otra, buscándolo en la lista—. Los pétalos de jazmín y aciano suenan irresistibles, también.

Debbie asiente con la cabeza y se acerca de nuevo al mostrador. Antes de que vuelva, sale despacio de la trastienda una mujer mayor, guapa, con el pelo recogido en un chongo oscuro y alto, y unos pómulos que no tienen nada que envidiar a los de Bowie. A su lado, aparece un hombre de mediana edad, ojos amables y afeitado apurado, con rizos rubios que le brotan descontrolados de la cabeza.

—Buenas noches. Me llamo Martine. Pueden entrar dos a la vez, una conmigo y la otra con Leo —explica la escultural mujer señalando al hombre que tiene al lado, y luego extiende el brazo como instando a entrar a una de ellas.

Lindsey se levanta de un brinco y agarra a Wren de la mano.

—Vamos, nosotras, antes de que esta se quede dormida. Hace meses que no trasnocha tanto si no es por un homicidio.

—¡Mi té! —protesta Wren.

Debbie se acerca corriendo y le planta en la mano un vaso de café para llevar.

—Arreglado —le dice con un guiño.

—Gracias, amiga —contesta socarrona antes de levantarse de la silla y claudicar.

Martine toma a Wren suavemente del brazo para indicarle el camino. La lleva por un pasillo pequeño hasta una puerta a la derecha. Dentro hay una mesa negra con una lamparita verde que parece un candelabro antiguo; colgado en la pared, un espejo grande de marco dorado y, en el centro de la mesa, una baraja de cartas del tarot.

—Ponte cómoda, por favor —le indica Martine sonriente sacando una silla para Wren y sentándose después enfrente—. ¿Quieres que grabe el audio de esta sesión para que te lo puedas llevar cuando acabemos?

—Pues estaría genial, gracias.

Wren se acomoda en el asiento, se acerca la silla a la mesa y repara en la música tranquila, como de balneario, que suena de fondo muy bajita. Se inclina hacia adelante para admirar las intrincadas ilustraciones del dorso de la primera carta del mazo. Martine sonríe discretamente para sí y toma con delicadeza la baraja.

—Son preciosas, ¿verdad? Muy antiguas. Las heredé de mi abuela. Estas cartas tienen mucha historia. —Martine se detiene un instante y mira a Wren a los ojos. Se escudriñan las dos y luego la vidente aparta las cartas y le dice—: ¿Me permites que te lea un momento la mano antes de echarte las cartas? —Parece que se siente obligada a proponerlo, así que Wren asiente sin decir nada.

Aunque duda bastante que unas líneas vayan a contarle mucho, le gana la curiosidad. Martine le toma la mano con las suyas y la voltea hacia arriba; le estudia la palma y estira las líneas con los dedos para distinguirlas mejor—. ¿Ves esto, una especie de anillo natural? —pregunta la vidente, dibujando con el dedo la pequeña curva que Wren tiene debajo del índice y que está ahí, no cabe duda, aunque tenga que hacer un esfuerzo para verla.

—Sí, es verdad que parece un anillo.

—Se conoce como «el anillo de Salomón» y me dice que eres una líder, fuerte, independiente y muy inteligente. También que a veces esos rasgos te condicionan la vida: el trabajo y el éxito asfixian tus impulsos más creativos —comenta Martine.

Wren se siente de pronto como desnuda: «¿Cómo es posible que una simple línea de debajo de un dedo le pueda decir todo eso a esta mujer?». Martine sonríe y le gira la mano en otra dirección.

—Esta línea… —continúa, señalando una muy fina que le cruza la palma desde la base del meñique hasta el espacio que separa el índice del pulgar—, esta línea es única en cada persona. Es la llamada «línea simiesca». —Wren apenas la distingue, pero estudia el semblante de Martine. La vidente frunce el ceño y luego le planta la otra mano encima, casi como para tranquilizarla—. Esta me dice que te cuesta ver la vida de forma abstracta. La ves en blanco o en negro, nunca en gris. Tu naturaleza analítica es tu principal virtud, pero me parece que también te perjudica en tu situación actual.

—¿Y qué situación es esa? —pregunta Wren sin querer, sorprendida de darle cancha a la vidente.

—A ver si me lo dicen las cartas —responde la otra con calma, y le pasa la baraja a Wren—. Con la mano izquierda, corta el mazo en dos por donde te lo pida el cuerpo. —Wren sigue sus instrucciones, pero el cuerpo no le pide nada, así que corta al azar y deja las cartas en la mesa, bocabajo. Martine toma una de cada montón, las voltea y las pone sobre la mesa, entre ellas dos. Las cartas miran hacia Martine: la luna y la sacerdotisa. La vidente posa las manos en las cartas y contempla a Wren—. Estas dos cartas están viendo hacia mí o, lo que es más importante, de espaldas a ti, y eso cambia su significado —señala y devuelve despacio la mirada a las cartas—. La luna te dice que prestes atención a esa vocecilla interior. No estás haciendo caso de los mensajes que recibes. Por la lectura de manos, diría que es tu naturaleza analítica la que te impide abrirte a esa posibilidad.

Wren no sabe qué pensar de lo que llevan de sesión.

—La carta de la sacerdotisa… Mmm…, ¡qué curioso! —prosigue Martine—. Esta también denota confianza en la propia intuición, pero, en tu caso, me dice además que estás rodeada de secretos. Alguna persona de tu entorno cercano o de tu pasado te hizo partícipe de un secreto que quizá no acabas de entender. —Wren se devana los sesos intentando conectar todo eso de los mensajes y los secretos, pero todo lo que llega a experimentar es confusión. Martine junta los dos montones del mazo y baraja una vez más. Le ofrece la baraja a Wren y por fin la mira a los ojos—. Por favor, toma una carta de este mazo.

Se lo pide con voz suave, pero su instrucción tiene algo de rotunda. Sin decir nada, Wren saca una carta del centro del mazo y se la entrega a Martine, que la voltea bocarriba sobre la mesa. En cuanto la carta toca la superficie, la vidente se lleva la mano a la boca y apoya el dedo índice en el labio inferior.

—El diez de espadas —anuncia, y pone el dedo sobre la carta para mostrarle a Wren la ilustración de un hombre tendido bocabajo con diez espadas largas clavadas en la espalda. Aun sin explicación, la carta resulta siniestra e inquietante—. Traición —susurra Martine antes de levantar la vista—. Hizo algo terrible.

Esas palabras dejan pasmada a Wren.

—¿Quién? ¿Quién hizo algo terrible?

—Ya sabes quién —contesta la vidente meneando la cabeza—. Déjate llevar por la intuición —le aconseja, y toca de nuevo las cartas de la luna y la sacerdotisa.

A Wren se le corta la respiración.

—¿Cómo? —pregunta en voz baja, inclinándose un poco hacia adelante.

Martine traga saliva y vuelve a negar con la cabeza.

—Ya sabes cómo. Lo tienes todo a la vista. Ponle freno.

Se sostienen la mirada. A Wren la inundan las preguntas y le da la impresión de que el corazón jamás va a volver a latirle a un ritmo normal. Entonces, muy oportunamente, taladra el silencio un estrépito de porcelana rota en la tienda. Wren se levanta enseguida, con tanta brusquedad que casi vuelca la silla.

—Gracias, Martine —espeta.

Da media vuelta y sale corriendo al pasillo. Cuando se gira a mirar, la vidente sigue sentada a la mesa, con las manos sobre las cartas.

—¿Qué tal? Parece que viste a un fantasma, así que deduzco que... ¿alucinante? —dice Jenna, agachándose a recoger los pedazos de una taza de té rota—. Por aquí se nos ha aguado la fiesta.

Como en una nube, Wren toma el bolsito de la mesa del zodiaco.

—Fue genial, pero me tengo que ir —dice con premura.

—Ay, no, ¿te llamaron del trabajo? —tercia Marissa, levantándose mientras Leo trae a Lindsey de la trastienda.

—¡Nooooo! ¿Tenemos cadáver el día de mi cumple? —protesta.

Wren le da un abrazo rápido.

—Por desgracia, sí —miente—. ¡Felicidades, cielo! La pasé genial. Me alegro de haber salido a celebrarlo.

Fuerza una sonrisa y se dispone a largarse.

—¡Wren! —la llama Martine, que sostiene un sobrecito cuadrado en la mano—. La grabación.

Wren vuelve a inspirar hondo y sale a su encuentro para tomar el sobre.

—Gracias, Martine.

Al salir, se gira un instante y ve a la vidente despedirse con un cabeceo. Agarra fuerte el bolsito y se dirige al coche, intentando desesperadamente deshacerse de esa sensación. «Es una falacia. Habrá acertado de casualidad. O me habrá visto en la prensa. —Mete el cedé en el bolso y se sienta al volante—. Tendría que haberme quedado en casa».

Wren se sorprende estacionada a la entrada de un bar de la misma calle, no muy lejos del Bottom of the Cup, y por casualidad ve a Leroux plantado delante. Lo ve acercarse a la puerta del local y detenerse únicamente a darle una calada al cigarro. Exhala el humo al aire frío de la noche y Wren ve ascender la columna venenosa, llevada por la suave brisa. El humo danza un ratito y después se disuelve en la atmósfera, y ella experimenta un sosiego momentáneo al verlo desaparecer. Cuando vuelve a mirar a Leroux, le queda claro que también a él le hacía falta desaparecer, aunque solo fuera un segundo.

—¡Perdona, cielo! —se disculpa entre risitas una joven que, al pasar junto al inspector, se lo lleva por delante porque apenas puede mantenerse erguida con esos taconazos.

La escena hace reír a Wren, que estaciona y entra en el local detrás de Leroux. El inspector William Broussard, compañero de Leroux desde hace dos años, ya está instalado en un taburete junto a la barra y, a juzgar por el vaso de líquido ambarino medio vacío que tiene delante, lleva horas apalancado allí.

—Hola, chicos —saluda y se acerca un taburete para sentarse con ellos.

—¡Muller! Me sorprende verte por estos lares. Y a esta hora. ¿No deberías estar acostada ya? —le dice Leroux con una sonrisa socarrona.

—Muy gracioso. Pasaba por aquí, te vi en la puerta y decidí aprovechar la coincidencia.

Will no ha apartado aún la vista del televisor montado en lo alto, por encima de las estanterías de las botellas de alcohol.

—¿Será posible que aún sigan hablando de esta mierda? —pregunta señalando con la cabeza la noticia de la que hablan en la tele.

Leroux y Wren alzan la vista a la pantalla. En titulares, sacan a un hombre de mediana edad entrevistado por un reportero joven y entusiasta. El hombre parece cansado y se estruja las manos, nervioso, mientras habla.

—Son las fuerzas malignas. Los adoradores del diablo se están infiltrando en nuestra sociedad y, mientras no volvamos a respetar las enseñanzas de Jesucristo, seguirá condenándose a personas inocentes a la oscuridad —predica el hombre de la tele, rematando la frase con un aspaviento, y el reportero asiente enérgicamente a su sermón.

La cámara muestra entonces otra entrevista a un número mayor de ciudadanos indignados, que visten una asombrosa variedad de camisetas con mensaje, gorras de beisbol y *jeans* cortos. El grupo, enfervorecido, se abalanza sobre un reportero.

—¡Nuestra sociedad corre el peligro de quedar atrapada en los manejos del demonio! ¡Nuestros hijos serán los siguientes! ¿No lo entienden? ¡Esos discípulos de Satanás los sacarán de la cama y se los entregarán a su señor! La policía tiene que acorralar a esos monstruos y arrojarlos al pantano. ¿Cómo es que solo las buenas gentes del condado de Orleans ven que esto es obra de un grupo de adoradores del diablo?

El periodista, que ha intentado intervenir un par de veces, pregunta por fin:

—Entonces ¿no creen ustedes que los asesinatos recientes sean incidentes aislados, como declararon las fuerzas del orden?

La multitud responde desordenadamente y a gritos, y su portavoz oficioso asiente con rotundidad.

—¡La policía nos miente! No quieren que sepamos hasta qué punto se ha metido el maligno en nuestra sociedad. Esto es obra del diablo y de sus seguidores, se lo aseguro.

Leroux ríe y deja de mirar la tele.

—Póngame lo mismo, sea lo que sea —le pide a la mesera señalando la bebida de Will.

Ella sonríe y asiente, saca un vaso grande de debajo de la barra y lo llena de whisky de malta Macallan de doce años, solo.

—¡Salud! —dice levantando el vaso, y Wren alza una copa invisible para brindar con él.

Will menea la cabeza y le da un sorbo a su whisky.

—¿Esta oleada de pánico satánico no tendría que haberse extinguido ya? Es como si volviéramos a los ochenta y fuera del todo aceptable dar por supuesto que una banda de góticos rabiosos está cometiendo retorcidos asesinatos.

—Estaba cantado —tercia Leroux.

El otro enarca una ceja y se voltea a mirarlo.

—¿En serio llegamos al punto de aceptar que se descomponga del todo el pensamiento racional?

Leroux se encoge un poco de hombros y da un sorbo a su bebida.

—Pues más o menos —contesta señalando la pantalla que tienen encima—. Esas personas buscan patrones donde no los hay porque están muertas de miedo. Como no son capaces de digerir que los puede atrapar un psicópata de aspecto absolutamente normal igual que a las demás víctimas, se inventan esta mierda.

—No te aguanto cuando te pones tan sensato —dice Will meneando una vez más la cabeza y desparramándose en el asiento—. Lo malo es que esta gente está consiguiendo desviar el foco de atención: en vez de buscar al capullo solitario encerrado en su sótano y responsable de esas escenas criminales tan raras, están alentando a sus vecinos a dar caza a cualquiera que se ponga una camiseta de Metallica.

—Sí, y esas nuevas cadenas de televisión les están proporcionando la plataforma perfecta para sus mierdas.

—Puf, no puedo seguir hablando de esto —suelta Will dándose la vuelta—. ¿Aún no sabemos nada del papelito que dejó en el libro?

Leroux niega con la cabeza.

—Nada. Ben anda dándose cabezazos contra las paredes.

—Está claro que ese tipo se cree más listo que nadie. Y es obvio que está disfrutando de todo esto —dice Will con desdén, volviendo a señalar la pantalla.

El otro asiente y frunce un poco los labios.

—Coincido en que se cree más listo que nadie, pero te apuesto lo que quieras a que todo esto de Satanás le molesta.

—¿Tú crees? Yo diría que seguramente le encanta librarse un poco de la presión. Ya nadie va a buscar a otro Ted Bundy porque estos imbéciles consiguieron que la gente piense más en Charles Manson y familia.

—Dudo que sea tan simplón. O al menos no es lo que indica su perfil criminal.

—¿No? —pregunta Will incrédulo—. Pues voy a tener que confiar en tu instinto de rarito esta vez.

Leroux ríe, se inclina hacia adelante y planta los codos en la barra.

—Sí, bueno, espero no equivocarme mucho en esta ocasión. A mí me parece un asesino organizado, a la antigua usanza. Wren, cuéntale a Will el último capítulo del ascenso de este tipo al olimpo de la enormidad...

Will suspira y deja caer la cabeza con dramatismo.

—No sé por qué creo que no me va a gustar.

—¿Recuerdas el último cadáver?... Pues lo refrigeró —interviene por fin Wren.

—Espera..., ¿cómo? ¿Que lo refrigeró? ¿Por qué?

—Porque así es complicado acertar con la hora de la muerte. Se carga la progresión lógica del *livor mortis* o algo así —tercia Leroux.

—Muy bieeen. ¿Me quieres quitar el puesto o qué? —bromea Wren.

—Eso no lo hizo con las otras víctimas, ¿no? —comenta Will desesperado.

—Nop. Solo con la última —confirma Wren.

Leroux alza la vista al espejo, parpadea y frunce los ojos con determinación. Se levanta, se voltea a mirar a la muchedumbre, exaltado pero centrado.

—¿Qué miras? —pregunta Will volteándose también y estirando el cuello.

Leroux se abre paso decidido entre los grupitos de personas y, sin querer, le tira la copa a un tipo al pasar.

—¡Oye, idiota! —lo reprende el otro, furioso, mientras se limpia la camisa.

Leroux lo ignora y no se detiene hasta llegar a la pared de la derecha de la entrada. Wren explora el local de un extremo a otro, forzando la vista. Entonces ve el volante blanquísimo que llamó la atención del inspector, clavado con una tachuela en el revestimiento de madera marrón oscuro. Es publicidad de un festival de jazz en Bourbon Street, preludio de las festividades del Mardi Gras, el carnaval de Nueva Orleans, al que asiste muchísima gente. Leroux alarga la mano para tocar el volante y palpa el relieve de flor de lis, que brilla, iridiscente, idéntica a la del papelito que encontraron con el último cadáver.

13

En la pantalla del monitor, Jeremy ve despertar a Emily, abrir los ojos poco a poco; seguro que le revienta la cabeza. Aunque intenta con desesperación deshacerse del aturdimiento que le produce el coctel de cloroformo y ketamina, enseguida se da cuenta de que la rodea una oscuridad absoluta y está sentada en algo húmedo y esponjoso. Probablemente se estará preguntando qué hace a la intemperie. Pero antes de que la joven pueda valorar con detenimiento su situación, estalla en la oscuridad el chisporroteo de un sistema de megafonía, que la hace levantarse sobresaltada. Esforzándose por mantener el equilibrio, parpadea y trata de localizar los altavoces, pero da otro brinco cuando Jeremy empieza a hablar.

—Buenas noches, invitados. Les agradecería que me prestaran atención un momento. —«¿Me habrá reconocido ya la voz?»—. Tienen por ahí una linterna. Úsenla. No quiero que ninguno de ustedes se ahogue por accidente en el pantano.

Emily se agacha y explora el terreno que la rodea,

acercando los ojos al musgo y las raíces que reptan bajo sus pies. A Jeremy, desde su posición privilegiada, casi le divierte la escena. Su cámara de visión nocturna lo baña todo de verde y hace que Emily parezca una criatura extraterrestre pegando la cara al suelo. En realidad, no ve ni lo que tiene delante de las narices. Palpa a ciegas la superficie y no encuentra más que barro, hasta que sus pies topan con un objeto duro: la linterna.

—Los he soltado al azar en distintas zonas de mi finca. Hay una valla que recorre todo el perímetro y altavoces instalados en diversos lugares del recinto. —«A estas alturas, se habrá dado cuenta ya». A Emily le cambia la expresión. Reconoce ese timbre perfectamente. La voz que resuena por los altavoces es la de su compañero de laboratorio, la de la última persona a la que recuerda haber visto antes de abrir los ojos y descubrirse a la intemperie. Con una sonrisa de satisfacción, Jeremy continúa hablando por megafonía—: A ver…, el juego es sencillo: deben hacer todo lo posible por no encontrarse conmigo mientras recorro la parcela. Así de fácil. Es un juego de supervivencia, amigos míos. Escapen si pueden. Lo único que los separa de su libertad son unas hectáreas de pantano… y yo.

Emily enciende la linterna. El haz de luz alumbra su entorno, dejando al descubierto la manta de musgo que la rodea. Las ramas bajas de lo que parecen cipreses milenarios la acorralan como depredadores hambrientos. Está muy sola, pero él se ha asegurado de que se sienta acorralada. Entre respiraciones convulsas, suelta un hipido infantil.

—Tranquilos, soy un hombre justo. Les di una ventaja generosa. Acuérdense de tomar buena nota de todo, porque puede que estas sean sus últimas horas como sacos de carne sintientes.

Un pánico absoluto activa de pronto el sistema nervioso de Emily y la catapulta hacia adelante. Por un segundo, Jeremy piensa que se va a derrumbar; en cambio, inspira hondo y cierra los ojos. Su semblante se torna casi sereno. Con la linterna que acaba de encontrar, empieza a hacer inventario de su propia piel. «Busca marcas. Chica lista». Se ve algo: un pequeño moretón, sin duda reciente, en el brazo. Sabe que Jeremy la drogó. Al mirarse los pies y los mocasines destrozados, una serpiente lo bastante grande como para que él la distinga en la cámara pasa rozándola y Emily grita de frustración. Las copas de los árboles impiden el paso a la luz de la luna y el sonido interminable de los grillos irrita los sentidos. El ruido condiciona las emociones mucho más que ninguna otra cosa. A lo lejos ulula una lechuza y Emily da un pequeño salto. Jeremy vuelve a acercarse el micro a los labios.

—Empecemos. ¿Un consejo? ¡Corran!

Él vacila un segundo, pero ella no. Corre. Tropezando con las irregularidades del terreno y las raíces retorcidas de los cipreses, trata, histérica, de ponerse a salvo. Y, de pronto, otro sonido irrumpe en la oscuridad y la obliga a taparse los oídos. Música. Puso música.

14

Wren entra en el laboratorio forense por la puerta de personal. Recorre aprisa el pasillo, taconeando por el suelo recién renovado, y se dirige al despacho en el que se citó con Leroux. Al dar vuelta en la esquina, lo ve dentro, al teléfono. Por su sonrisa, deduce que se trata de una llamada personal: habla con Andrew.

—Siento mucho lo de la leche. Sé que no soportas que deje el cartón vacío en el refrigerador —reconoce arrepentido.

La voz potente de Andrew emana del terminal a un volumen suficiente para que Wren oiga casi todo lo que dice.

—No pasa nada, John. Entiendo que este caso te tiene estresado.

No es posible que llegue a comprender el nivel de exigencia del puesto de Leroux, sobre todo últimamente. Andrew es el chef de un restaurante de lujo de Nueva Orleans y también trabaja una cantidad disparatada de horas, pero su estrés no es comparable. Un cliente quisquilloso o un empleado incompetente te pueden fastidiar un turno de trabajo o conseguirte una reseña de mierda en redes sociales, pero ser testigo de las barbaridades que un ser humano es capaz de infligir a sus congéneres es harina de otro costal. Aun así, procura empatizar, y eso es lo que importa.

—Sí, es un caso raro y tengo la sensación de estar decepcionando a mi padre.

—No seas menso, anda, que tienes trabajo pendiente. —Las palabras de Andrew son casi como una palmadita en la espalda y Wren ve a Leroux suavizar el gesto—. Además, ahora que encontraste el volante ese, ya vas por el buen camino.

—Sí, sí, tienes razón.

—Ahora bien, la próxima vez que me dejes sin leche para el café no voy a ser tan comprensivo.

Wren no puede contener la risa que se le escapa entre los dedos de la mano con la que se tapa la boca, y eso sobresalta a Leroux, que levanta la vista y sonríe, y, meneando la cabeza, pone a Andrew en manos libres.

—Andrew, saluda a Muller.

—¡Hola, Wren! —grita Andrew por el altavoz.

—¡Hola, Andrew! ¿Cómo está mi chef favorito de todo Luisiana? —dice ella sonriente mientras se sienta.

—Bueno, ya sabes, conquistando el mundo de la cocina y manteniendo a raya al llorón de mi novio.

Wren mira a Leroux, que está poniendo los ojos en blanco. Se inclina hacia adelante y gira el dispositivo hacia sí.

—Bueno, basta de parloteo por hoy. Te veo en casa, Andrew.

—¡Ya salió el aguafiestas! Menos mal que te tenemos a ti —consigue decir Andrew antes de que el otro cuelgue.

Wren vuelve a reír y gira en la silla para echar un vistazo al despacho en el que están.

—Me encanta Andrew.

—Sí, es un amor. Pero, por favor, regresemos a lo nuestro. Lo del volante. No paro de darle vueltas. Te juro que fue como el destino. ¡Verla por el puto espejo! —dice Leroux exaltado, con los ojos coloradísimos de agotamiento y de emoción—. Es para el festival de jazz de este fin de semana. Los adornos, el color y la tipografía son idénticos a los del papel que encontramos.

Wren se levanta.

—Entonces ¿vamos a ver a Ben…?

Entran en el laboratorio. Ben está sentado en un taburete junto a la mesa de trabajo. Es un tipo larguirucho, con lentes redondos de montura metálica y la cabeza completamente rasurada. A su lado está el compañero de Leroux, Will, esperando impaciente con las manos en los bolsillos.

—¿Y bien…? —pregunta ansioso Leroux, extendiendo los brazos.

—Es el mismo papel, no cabe duda. Se ve que ambos son reciclados, con restos de fibras desechadas repartidos de manera uniforme por toda la página; además, tiene el mismo brillo que el original —explica Ben y, para demostrarlo, sitúa al lado del volante del bar el papel encontrado cerca del cadáver de la víctima.

Leroux y Will imitan sin querer la sonrisa orgullosa de Ben.

—¿Creen que ya se cargó a la siguiente víctima o aún anda buscando un sitio donde dejarla? —tercia Wren, truncando el ánimo celebratorio.

—No hay forma de saberlo con certeza. Dudo que podamos impedirlo, como mucho podemos prepararnos para lo que venga —contesta Leroux de nuevo solemne.

Descompuesta, Wren menea la cabeza.

—¡Vaya elemento!

—Regresa «el carnicero del pantano» —espeta Ben con frivolidad.

Sorprendida, Wren se voltea a mirar al grupo.

—¿El carnicero del pantano?

Ben la mira y luego mira a Leroux, con la sensación de haber metido la pata.

—Bueno, por la brutalidad, el agua del pantano…

Wren enfila aprisa el pasillo, ve un dispensador de agua fría y va directo hacia él. Mientras bebe del vasito de cartón, sus pensamientos se enredan como malas hierbas. Se recompone rápidamente y regresa con los otros.

—Perdón, tenía que hidratarme con urgencia.

Leroux la observa extrañado, como si tomara nota mental para preguntarle después.

—Okey, ahora que sabemos dónde y cuándo —continúa—, hay que organizarse. Solo faltan unas horas para el festival. Voy a llevar esto a la comisaría, a ver qué quieren hacer los de arriba. ¿Vienes, Muller?

—Me tenías ya con lo del «carnicero» —contesta ella cruzando la puerta abierta que tienen delante.

Wren se siente de pronto agradecida de ser la que manda en el anatómico forense. Cuando entran en la comisaría, nota el ambiente cargado. El olor a café rancio y a frustración impregna el aire como una brisa húmeda.

El comisario intimida a primera vista. Es inmenso, de brazos gruesos, cabeza calva y unos ojos grises capaces de subyugar a cualquiera. Con esa figura de casi metro noventa, está hecho para ocupar una posición de poder. Ahora examina la documentación que Leroux y Will le plantaron en la mesa a primera hora de la mañana. No perdieron ni un segundo en pasarle los datos de sus últimos hallazgos. Interrumpieron los dos en su despacho hablando a la vez, presas del agotamiento y de la adrenalina, hasta que el comisario levantó una de sus manos inmensas para pedir silencio y tiempo para leer lo que le acababan de pasar. Leroux lo ve elucubrar, rumiar y decidir qué hacer a continuación.

—¿Piensan que va a aprovechar el festival para soltar otro cadáver? —pregunta, alzando la vista para mirarlos a los ojos. A Wren la contempla de reojo y le otorga una cabezada rápida de aprobación.

Leroux asiente e, inclinado hacia adelante con los codos clavados en las rodillas, contesta:

—Justo eso es lo que pienso.

—¿Intentamos cancelar el festival? ¿Sería posible a estas alturas? —dice Will.

El comisario niega con la cabeza, se recuesta en el asiento y responde:

—Ni de broma. En teoría, ya empezó. Mientras hablamos, ya están llegando a Nueva Orleans centenares de personas. El evento dura todo el día.

—El volante habla concretamente de los actos que comienzan a las cuatro de la tarde —aclara Leroux señalando el papel en cuestión.

—Entonces, hay tiempo para mandar efectivos. Desconocemos la envergadura de lo que tiene planeado. En el mejor de los casos, plantará el cadáver y ya está, pero la cosa podría ser muchísimo peor —añade Will, preocupado.

—La evacuación generaría un caos de masas —tercia Wren, y refuerza su comentario levantando un dedo.

—La doctora Muller tiene razón. Cualquier medida de ese tipo lo va a espantar. Si ese idiota tiene pensado algo para esta noche, notará que la zona se desaloja antes de tiempo. Además, un éxodo masivo podría desatar el pánico. La población ya está en alerta permanente sin necesidad de que la aterrorice ningún fantasma —decide el co-

116

misario, acariciándose el mentón mientras toquetea el volante. Se levanta y rodea su escritorio para situarse al otro lado—. Monten un equipo con todos los efectivos que puedan, hasta con los administrativos si hace falta. Quiero que cerquen el recinto por completo, que no se mueva nadie sin que lo sepamos. Si alguien pone resistencia, le recuerdan que anda suelto un posible asesino en serie que está haciendo carne molida con seres humanos.

Leroux se voltea hacia Wren y le dice:

—Muller, trae a los tuyos también.

El comisario sale de su despacho asintiendo con la cabeza.

—Claro, claro. Avise a su personal. Los necesitamos en la escena desde el primer segundo.

—Desde luego. Ahora mismo los pongo en marcha.

Wren saca el celular y envía mensajes a los miembros de su equipo que quiere convocar. Luego sale al pasillo detrás de Leroux y Will, y los ve poner al tanto a unos cuantos agentes que andan por allí. En cuestión de segundos, la comisaría se transforma en un hervidero de actividad.

—Ven conmigo, Leroux. No hay tiempo que perder —le dice el comisario entrando en la sala de conferencias.

Leroux entra también y Wren hace lo mismo. La excitación es generalizada. El ambiente rebosa adrenalina y nerviosismo a partes iguales. La voz grave y resonante del comisario lo corta como un machete.

—Aquí está —espeta, plantando el volante del festival de jazz en el tablón de anuncios con ruedas que le han colocado en la cabecera de la sala. La pincha con una chincheta y se voltea hacia el grupo—. Este es el lugar en el que probablemente estará esta noche el responsable de los asesinatos del pantano de Las Siete Hermanas y el Twelve Mile Limit. A juzgar por las pistas que ha dejado, tiene pensado arruinarles la vida a más personas inocentes. Leroux y Broussard, acérquense, por favor.

Los inspectores se miran angustiados, pero obedecen a su superior. La noticia ha sembrado el caos entre los presentes. A Leroux le repatea hablar en público. Wren ve que ya se está poniendo colorado. Como ella, prefiere la soledad de la investigación y el trabajo de campo individual a la inmensa presión de compartir información de vital importancia con un grupo grande. El inspector se aclara la garganta y señala de forma general hacia el volante pinchado en el tablón.

—Pues… Hemos encontrado un papel prácticamente idéntico al que hallamos junto al cadáver de la última víctima. Es un volante del festival de jazz que se celebra hoy en el centro. Partiendo de lo que tiene visos de ser un patrón en la escena de todos esos crímenes, es muy probable que aparezca otro cadáver en el festival o por la zona.

Un joven agente levanta un dedo y deja caer el codo sobre el brazo de su silla con visible escepticismo.

—¿Cómo se le va a ocurrir a ese tipo soltar un cadáver en un festival de ese calibre? Hasta ahora lo ha hecho de noche. ¿Tanto le ha crecido la autoestima de repente? —pregunta exasperado.

Will interviene antes de que a Leroux le dé tiempo de hacerlo.

—Vamos a ver, nadie ha dicho que sepamos lo que va a hacer. Si lo supiéramos, ya tendríamos programa de televisión propio y no moriría nadie más —bromea.

La sala entera ríe y el listillo gruñe molesto. Leroux sonríe también, pero vuelve a centrarse enseguida en la situación que tienen entre manos. Wren nota que quiere añadir algo. Ojalá lo haga.

—Solo sabemos que todo parece indicar que va a ocurrir algo gordo en el festival. Que sea una falsa alarma o una broma de mal gusto da realmente igual ahora mismo. No podemos jugárnosla y tampoco creo que nadie nos vaya a reprochar que tiremos la casa por la ventana —confirma Leroux.

Todos los presentes coinciden, por lo visto, en que es preferible prevenir a poner en peligro más vidas. Con voz grave y seria, el comisario acalla el murmullo general.

—Ahora mismo esta es nuestra principal prioridad. Quiero que todo el mundo tenga los ojos bien abiertos y el radar puesto durante el festival. Como los vea con el celular en la mano esta noche, se lo comen —advierte.

Vuelven a oírse risitas, seguidas de un parloteo nervioso mientras Leroux y Will empiezan a exponer el plan de ataque. Broussard despliega un mapa del recinto y lo clava con chinchetas en el tablón.

—Se han montado tres escenarios, uno para el artista principal y otros dos para los artistas menores —explica señalando las correspondientes secciones del mapa—. Como es lógico, casi todo el mundo se amontonará en estas zonas y en las de venta de comida. A la gente le encanta comer y escuchar música bien alta y de cerca. Los vamos a apostar a casi todos en estas zonas de mucho tránsito y al resto repartidos por todo el recinto del festival.

Leroux cabecea en señal de aprobación y, juntando las manos, se las lleva a la barbilla.

—Hay que cubrir en condiciones todas y cada una de las entradas y salidas. Que no entre ni salga nadie sin que lo sepamos —tercia.

Wren percibe el escepticismo en algunos rostros y sabe que Leroux también lo ve. Ni siquiera ella puede evitar hacerse preguntas. ¿Tan descarado es el asesino? ¿Tan estúpido? Siempre ha dado la impresión de tener la autoestima más alta que la media, aun desde el primer cadáver que soltó. Resulta del todo improbable que sea capaz de escalar a semejante exhibición de poder. Pero la forense se pregunta también si el plan de Leroux y las legiones de efectivos servirán de algo hoy. Este asesino es de los que se confunden con la multitud, no de los que hacen que los ciudadanos crucen a la otra banqueta para evitarlo o agarren fuerte el bolso o la cartera cuando pasa por su lado. No lleva la maldad escondida en la manga, ni en el semblante siquiera. Por su perfil criminal, Wren juraría que consiguió convencer a casi todas sus víctimas para que lo acompañaran voluntariamente. No las secuestró por la fuerza. Le interesa generar el caos desde lejos, no verse envuelto en él en persona.

Wren explora la sala más inquieta que al entrar.

15

Jeremy pulsa un botón en el celular y acerca el altavoz al micro. Empieza a sonar en la oscuridad la lista de canciones que preparó con esmero para esa noche. Sonríe emocionado. Luego sale del cobertizo donde tiene alojado el equipo de sonido y se detiene un segundo a regar un poco los arbustos de magnolio secos, acariciando los pétalos blancos con delicadeza. Inspira el aire fresco de la noche y mueve los hombros al ritmo de la música. El «Suffragette City», de David Bowie, resuena por toda la finca de solitario terreno pantanoso y Jeremy comprueba por última vez sus herramientas. Acaricia la Glock del veintidós que lleva enfundada en la pistolera, a la cintura, y se palpa el bolsillo de la pernera derecha del pantalón militar para confirmar que aún tiene ahí el cuchillo de monte, dentado y de cuarenta centímetros. Recolocándose la escopeta cruzada a la espalda, se adentra despacio en la fronda que se extiende ante él.

De niño, su familia asfixió su curiosidad. No lo animaban a que hiciera lo que más le interesaba. Su pasión por explorar los entresijos de los bichitos mediante disección incomodaba a la gente y, tras la muerte de su padre, empezó a molestarle aún más el empeño de su madre en impedirle alcanzar su verdadero potencial. Por eso sintió un alivio tan grande hace unos años cuando por fin se libró de ella. Ahora nadie le pone freno a su curiosidad y es libre de jugar todo lo que quiera.

Se pregunta si los otros invitados lo habrán oído cuando dijo que corrieran. Si se mueven, en vez de quedarse clavados en el sitio, muertos de miedo, terminarán encontrándose unos con otros en algún momento de la noche. Eso podría complicar un poco las cosas. A Jeremy no le gustan las complicaciones, pero entiende que a veces son inevitables. Ocultándose tras el musgo y ajustándose los lentes de visión nocturna, avanza por encima de un montón de raíces retorcidas y explora el bosque. Como no ve nada, desbloquea el celular. La *app* se conecta a las cámaras de seguridad que tiene instaladas en la finca, que cobran vida en cuanto la abre. Pulsa las distintas vistas hasta que detecta a Emily a oscuras.

Los sonidos turbadores de la noche se mezclan con la música movidita. Emily, apoyada en un ciprés, se tapa los oídos con los dedos. Viéndola esforzarse por recobrar el aliento y adaptarse a la oscuridad, se pregunta en qué estará pensando. Jeremy estudia el entorno de su víctima, probablemente para saber si está cerca. Justo cuando empieza a cansarse de ella, Emily se pone en marcha. Parece que se lo va a poner difícil. La ve avanzar a buen ritmo por el suelo pantanoso, con la linterna al mínimo. Jeremy tiene que ir cambiando de cámara para no perderla de vista. El desafío lo acelera a él también.

De pronto, ella se detiene. La ve girar la cabeza a la izquierda y pararse en seco. Apaga la linterna, aguarda e intenta oír algo entre tanto alboroto. Jeremy detecta lo que la inquietó. El chasquido de una rama debe de sonarle superlejos y allí mismo a la vez. Entonces la envuelve un chorro de luz.

—¿Quién anda ahí? —chilla una voz aterrada y decididamente femenina al otro lado de la linterna.

Emily resopla y Jeremy la ve estremecerse entera.

—E-Emily… Soy Emily —balbucea llevándose la mano al pecho y cerrando los ojos para que la luz intensa no la deslumbre.

La otra baja la linterna y suelta un sonoro suspiro de alivio.

—Ay, menos mal.

Katie cierra los ojos cansados, se acuclilla y, para no perder el equilibrio, apoya en un árbol la mano embadurnada de sangre seca. La imagen atrae la atención de Emily como la luz a una polilla.

—¿Tú quién eres? —dice Emily encendiendo la linterna y alumbrando con ella a la irritante invitada de Jeremy.

—Katie, pero ¿qué más da eso ahora? —espeta la otra—. Nos va a matar igual. ¡Aunque me alegro muchísimo de conocerte! —dice y, frotándose la frente, se echa a llorar por lo bajo.

«¡Qué patética!».

—A mí no me va a matar —replica Emily negando con la cabeza.

Katie ríe un poco y se incorpora.

—Claro, claro. Mira, tú acabas de llegar. Nosotros llevamos días con él. ¿Dónde te acechó?

Jeremy no puede evitar sonreír.

—Cal es mi compañero de laboratorio. Estudiamos el mismo grado —dice a la vez que gira la cabeza a un lado y a otro, siempre vigilante.

—¿Quién es Cal? ¿También está aquí? —pregunta Katie, confundida y frustrada.

Jeremy ríe a carcajadas.

Emily enarca una ceja y mira de reojo.

—Es el que está haciendo todo esto. ¿No dices que llevas días con él? —pregunta, también confundida.

Jeremy está encantado; Katie, visiblemente molesta.

—¿Quién carajos es Cal? Ese tipo se llama Jeremy.

—Lo que tú digas. Escucha, ¿quién más anda por aquí? ¿Hay alguien más?

Jeremy ve regresar el pánico al rostro de Emily ante la posibilidad de que haya más de uno como él por allí.

—Mi amigo Matt —contesta Katie, agotada y lloriqueando—. Tendría que estar por aquí también. A menos que Jeremy lo haya encontrado.

Emily inspira con fuerza y mira alrededor.

—Muy bien, Katie, hay que moverse, a ver si encontramos a Matt —sentencia.

Jeremy ve que la intensidad de la luz de la linterna de Katie desciende un poco. Emily también se da cuenta.

—Igual deberías apagarla —le dice señalándola.

Katie suelta un resoplido desdeñoso y niega con la cabeza.

—Ni de broma. Llevo días metida en un sótano por completo a oscuras. ¿Por qué demonios iba a querer andar dando tumbos a ciegas por aquí también?

Emily se muerde el labio e intenta explicarse manteniendo la compostura.

—Pues porque, por cómo está bajando la intensidad de la luz, no vas a tardar en quedarte a oscuras —le dice con crudeza, ofendida.

Katie se ilumina la cara con la linterna y se encoge de hombros.

—Ya te dije que no nos va a dejar escapar, y me niego a morir a oscuras.

Emily claudica y reanuda la marcha detrás de la otra. Termina la canción y ambas levantan la vista al cielo, aliviadas. De pronto, «Moondance», de Van Morrison, empieza a inundar la oscuridad y las sobresalta. Mientras avanzan cansinas entre la maleza, ocultándose tras el pegajoso musgo y hundiendo los pies hasta los tobillos en el pantano con cada paso, Jeremy observa que a Emily le cuesta permanecer alerta con los abrumadores sonidos de los pantanos de Luisiana y esa música tan asquerosamente alegre.

—¿Qué fue eso? —dice, deteniéndose y estirando el cuello para poder ver entre el caos.

Jeremy ya está en movimiento. Se aproxima a ellas con sigilo, manteniéndose a una distancia prudencial para que no lo vean, pero lo bastante cerca como para observar la escena en directo. Katie, paralizada, alumbra en todas las direcciones, para fastidio evidente de Emily.

—¿Matt? —grita demasiado fuerte.

Emily agarra a Katie, le tapa la boca con la mano y la hace callar a la fuerza.

—¿Y si te oye Cal? —le susurra furiosa, tan alto que Jeremy lo oye y sonríe.

Es como ver la tele. No pensaba que fuera a salir tan bien. Katie y Emily representan su papel como verdaderas actrices. Katie se zafa de Emily, le lanza una mirada asesina y baja la linterna.

—¿Y si es Matt? —replica indignada.

Emily se lleva un dedo a los labios para hacerla callar otra vez y, estirando el cuello, aguza el oído. Entonces oye el típico chasquido de metal contra metal. Jeremy carga la escopeta ruidosamente y entra en escena.

—¡Agáchate! —chilla Emily tirándose al suelo y arrastrando con ella a Katie, que cae de mala manera a su lado.

Se cubre de forma instintiva la cabeza y la otra grita al caer al barro como una muñeca de trapo. En cuanto aterrizan en el suelo pantanoso, el disparo de su captor alcanza al árbol que tienen a la espalda y produce un estallido de corteza y humo. Emily conoce bien ese sonido. Le contó a Cal que, de pequeña, su padre la había iniciado en el uso de armas de todo tipo y, aunque jamás le ha interesado tener una, aún recuerda sus enseñanzas.

—Defiéndanse o huyan, chicas. ¡Defiéndanse o huyan! —susurra Jeremy sin apartar los ojos de la escena.

Percibe el miedo desde donde está; es como una ráfaga de aroma a pánico y a desesperación.

—¡Vamos, Katie! ¡Vamos! —le dice Emily a su compañera, empujándola para que avance agachada, optando por la huida. Katie lloriquea y tropieza, se tapa la cabeza con las manos y monta un gran alboroto—. Katie, ¡no hagas tanto ruido y muévete de una puta vez! —le espeta furiosa.

«Sabía que Katie le iba a caer fatal».

Jeremy las emparejó a propósito y le complace la animosidad que está brotando entre ellas. Katie niega con la cabeza, sollozando y clavada al suelo, a cuatro patas.

—¡No puedo! ¡No puedo hacerlo! —gimotea.

Emily se acerca a ella de inmediato, le pasa el brazo por el cuello y le tapa la boca con la mano. Sin mediar palabra, empieza a tirar de ella a buen paso. Jeremy avanza rápido en paralelo y disfruta del poder que le da observar a alguien que no lo ve. Abriéndose paso entre la espesura, las chicas se detienen por fin a descansar, Emily a punto de derrumbarse de agotamiento.

—No podemos quedarnos aquí mucho tiempo —jadea, con los brazos en jarras y escudriñando la oscuridad—. Si no nos movemos, somos un blanco fácil.

Katie niega con la cabeza.

—¿Adónde demonios vamos a ir? —espeta levantando las manos al aire para luego dejarlas caer de nuevo al barro—. Nos enfrentamos a un psicópata armado. Vamos a estar dando vueltas como imbéciles hasta que nos pegue un tiro desde un puto árbol o algo así. Deberíamos quedarnos aquí y escondernos hasta que se haga de día.

—¿Ese es tu plan? ¿En serio piensas que se va a ir cuando salga el sol? —dice Emily, cerrando fuerte los ojos e inclinándose hacia adelante.

—Dijo que teníamos que evitarlo y eso es lo único que hay que hacer.

Emily no es de las que dejan a nadie tirado, por muy mal que le caiga. Se cree una heroína y Jeremy lo sabe.

—¿Confías en la palabra de ese tipo? ¿Tú crees que alguien que ha tenido la paciencia de retenerte durante días y cultivar mi amistad durante meses se va a rendir porque nos escondamos unas horas?

Katie se encoge de hombros y Emily se quita una araña del hombro de un manotazo y suspira.

—Bueno, no quieres encontrar a tu amigo. ¿Lo vas a dejar morir solo?

Jeremy está fascinado. El instinto de supervivencia de su compañera es fortísimo, pero está dispuesta a ignorarlo por ayudar a una desconocida delirante.

—Ya estará muerto.

—Pues nosotras no vamos a morir aquí… —Emily se interrumpe.

Chascan las ramas y las dos oyen unos pies que se arrastran. Katie mira a Emily aterrada, con los ojos muy abiertos. Agarrada al tronco del árbol que tiene a su espalda, Emily contiene la respiración e intenta ver, desesperada, lo que la rodea.

«Esta vez no soy yo, amigas».

Riendo para sus adentros, Jeremy espera a que llegue el otro.

Se oye el susurro de una voz de hombre en la oscuridad:

—¡Katie!

Katie se levanta y busca a tientas la linterna.

—¡Santo cielo!, ¿Matt…? —responde también en susurros, incrédula.

Se oye el clic de una linterna y un chorro de luz inunda los árboles. A unos seis metros de distancia, se ve a un hombre desaliñado y con la ropa sucia. En su rostro se dibuja una sonrisa y Katie se echa a reír de alivio. Emily respira por fin y sale de su escondite. Se acercan los unos a los otros, bajando la guardia. Jeremy menea la cabeza ante semejante necedad, levanta la Glock y apunta hacia el lugar del encuentro.

—¡No puedo creer que hayamos dado contigo! —exclama Katie mientras corre y se arroja a los brazos de Matt, que pone cara de dolor.

—Sí, yo estaba convencido de que sería incapaz de

caminar con esta rodilla, pero supongo que la adrenalina lo puede todo.

Emily le mira la rodilla derecha, cubierta de sangre vieja y de barro reciente. Sus ojos revelan el terror que siente, de pronto agravado por un fuerte estallido que parece salir de la nada. Una bala de la pistola de Jeremy le atraviesa la sien a Matt, que salpica de sangre el rostro de Katie. Su amigo se desploma como un pájaro acertado en pleno vuelo, y Katie grita, pero antes de que le dé tiempo a procesar la espeluznante escena, Emily la agarra del brazo y echa a correr.

—Les deseo mucha suerte, damas y caballer... Bueno, ahora ya solo damas —dice Jeremy y, sonriente, vuelve a enfundar la pistola.

16

De pronto, como una hemorragia impredecible, Wren lo huele. Es sutil, tanto que se pregunta si será una mera alucinación olfativa, resultado de un exceso de horas en el depósito. Para una nariz inexperta, podría oler a comida de festival estropeada o a experimento fallido con carne en algún puesto callejero, pero Wren sabe que se trata del hedor que caracteriza el principio de la descomposición cuando aprieta el calor.

Al principio, siempre huele como a cebolla podrida y después, cuando crees tenerlo controlado, cambia, se transforma, como en un edificio de departamentos atestado de vecinos donde cada cual cocina algo distinto y los olores se enredan unos con otros hasta conformar algo repugnante. Luego se vuelve denso e insufrible. Las capas de aromas rancios eclosionan como los huevos de cría de araña y atacan. Toda una agresión a los sentidos. El hedor a muerto, una vez liberado, es imparable.

A su lado tiene a una técnica forense, nerviosa y superparlanchina.

—Ya sé que hay policía por todas partes, pero no estoy tranquila —dice la joven—. Si le soy sincera, ahora que estamos aquí, esto me parece una locura. Mandaron a los perros artificieros, ¿no? —pregunta, más alto de lo que debería.

—Deja de mencionar a la policía —le advierte Wren sin levantar la voz—. La idea es evitar el caos, no provocarlo.

—Ya. Lo siento.

—Contrólate. Puede que la cosa se ponga fea y no quiero que te me desmorones.

—Claro. No, estoy preparada.

—Es normal que estés nerviosa —añade, pensando que quizá fue demasiado dura—, yo también lo estoy, pero hay que hacer de tripas corazón y sacar adelante el trabajo. A ver…, ¿a ti a qué te huele? —le pregunta Wren.

La joven abre bien las aletas de la nariz y pone cara de espanto.

—¿A…?

—Bingo —contesta Wren.

—Mierda.

—Tranquila. Hay que hacerlo con astucia —le dice la forense. Leroux y ella se miran desde extremos opuestos de la masa ingente de personas. El pobre trata de aparentar desenfado, pero llama muchísimo la atención con ese traje tan impoluto—. Mantén la calma y sígueme.

Juntas, Wren y la joven se abren paso entre el aluvión de asistentes al festival.

—¿Qué diablos estás comiendo? —pregunta una mujer con un vaso de plástico en la mano mientras estira el cuello para ver el contenido del plato de cartón de su acompañante, que se encoge de hombros y lo aparta, a la defensiva.

—No sé, pollo al bourbon con arroz, creo. ¿Por?

—Porque huele a basura caliente —contesta ella arrugando la nariz.

—¡Qué dices! Huele a salsa de bourbon —replica él con rotundidad y le planta el plato debajo de la nariz, pero ella recula prematuramente.

Wren pasa de largo y no llega a oír la respuesta de la mujer. El hedor a descomposición humana empieza a impregnar el aire y la gente se está dando cuenta. Tirando de su técnica, deja atrás a un hombre que toca la trompeta e inunda el aire de notas alegres, a modo de niebla fina. A su alrededor, varias personas se han puesto a bailar. Tiran unos de otros y se hacen girar entre carcajadas de esas que solo brotan en un instante de verdadera despreocupación. Pero Wren sabe que bajo el exterior luminoso de la escena hay podredumbre. Parpadea, se acerca como puede a Leroux, se detiene a su lado y gira la cabeza para que no los oigan hablar.

—Estamos cerca. Seguro que tú también lo hueles. —Lo mira de reojo y él asiente, explorando la multitud. Juntos, van tras el rastro del hedor. La técnica los sigue a cierta distancia, fingiendo que mira algo en el celular. Leroux busca desesperado el foco. Como acostumbra a controlar a la perfección sus emociones, es horrible verlo de pronto tan angustiado. Wren inspira hondo y procura centrarse—. Se te van a salir los ojos de las cuencas. Relájate —le dice, y le sorprende ver que la mira con autoridad. Ella disimula su propia desesperación y lo vuelve a intentar—. Busca moscas.

—Moscas en un festival de música asqueroso, en pleno verano y en Luisiana… Hecho.

—¿Quieres que te recuerde la tenacidad y la disciplina de la moscarda?

—No, gracias. Lo tengo claro. Buscamos un montón de moscas.

Ella asiente con la cabeza y continúa examinando a la multitud. Lo hace deprisa, procurando reparar en todo lo posible. Se abren paso con dificultad entre una gran congregación de juerguistas para acercarse a uno de los escenarios pequeños, que solo lo es en comparación con el inmenso escenario principal. La madera que lo sostiene, haciendo las veces de cimientos, está combada, desgastada y descolorida de tantos veranos al sol. De pronto, un conjunto de jazz muy animado taconea en la antiquísima tarima mientras toca un tema animado. La música, danzarina, tontea con el *crescendo* hasta convertirse en una caótica onda sonora. El sol vespertino se refleja en todos los instrumentos levantados al aire y hace que las trompetas y el saxo brillen como si fueran de oro puro.

Una fina nube negra se alza a la izquierda del escenario, hacia el fondo. Si Wren no estuviera ya tan cerca de la barrera metálica que separa a la multitud de los artistas, no habría podido ver el enjambre, y menos aún oírlo. La nube zumba como un campo de flores silvestres en fase de polinización, solo que, en este caso, la escena no es bucólica ni se trata de afanosas abejas. Estos insectos buscan algo menos aromático porque prefieren el tufo de la carne en descomposición. Sin apartar la vista del desfile circular de moscas que se abren paso entre los listones de madera medio derruidos, agarra un trozo de tela del costado de la camisa de Leroux y lo retuerce. Él se detiene de inmediato.

—¿Qué pasa? —pregunta el inspector sin mirarla siquiera.

—Debajo del escenario, a la izquierda, hacia el fondo.

Él mira enseguida donde le indica e inspira hondo.

—Ven conmigo. —Leroux avanza como puede hasta la valla metálica. Junto a ella hay un vigilante de seguridad sentado en un taburete alto de madera, con un pie en el reposapiés, cabeceando distraído al ritmo de la música. Leroux lo aborda y le susurra al oído—: Policía de Nueva Orleans. —Se abre la chamarra para enseñarle con disimulo la placa. El otro la ve y asiente. Leroux mira discretamente por encima de su propio hombro—. Tenemos que echar un vistazo al escenario, pero no queremos que cunda el pánico. ¿Nos echa una mano, agente…?

—Blum —termina la frase el vigilante, aclarándose la garganta e irguiéndose en el taburete. Se pasa una mano por la barba de tres días y luego la apoya en el muslo—.

Ningún problema, inspector. Pasen. Ya me quedo yo aquí para mantener el orden.

—Muchas gracias —contesta Leroux dándole una palmada en el hombro—. Vamos, Muller.

Les hace una seña a Wren y a la técnica para que pasen, y recorren los tres el lateral izquierdo del escenario. El hedor es inconfundible. Según se acercan a las moscas, el aire se hace denso y nebuloso. Es como entrar en otra dimensión, una repleta de muerte y podredumbre. La forense hinca una rodilla en el suelo y se asoma entre los listones en una zona donde la madera podrida dejó huecos. Debajo del escenario está oscuro. Sus ojos se adaptan a esa negrura absoluta y entonces vislumbra una figura que le es familiar. Justo en el centro de los bajos del escenario, hecha un ovillo e inmóvil, yace la causante del enjambre de moscardas. Tan de cerca, el olor se hace insoportable.

—¿Hay algún modo de meterse ahí debajo? —pregunta, incorporándose y conteniendo una arcada.

—Por una portezuela trasera.

La forense rodea el escenario hasta la parte posterior, donde Leroux se encuentra ya acuclillado, abriendo un cerrojo. Ella se saca la linternita del bolsillo de atrás del pantalón y la enciende. El haz de luz alumbra al frente hasta topar con un objeto inmóvil: el cuerpo deformado de lo que parece una mujer de veintitantos. Está tumbada bocabajo, con los brazos extendidos debajo del cuerpo como si se hubiera tirado en paracaídas desde un avión y estuviera a punto de abrirlo. Wren no tarda en ver el revoltijo de carne y hueso donde debería estar la rodilla derecha. Alumbra despacio el cuerpo, de las piernas a la cabeza, y se le corta un segundo la respiración cuando los ojos entornados de la víctima se encienden como los de un demonio. La miran directamente; la miran, pero no ven nada. Tiene la cara sucia, manchada de barro, de sangre y de porquería. Wren apaga la linterna y dedica un momento a recomponerse, acuclillada junto a la portezuela.

—Es lo que pensábamos, y se ve mal —dice. Oye a Leroux maldecir por lo bajo—. Por desgracia, voy a tener que acercarme más.

Leroux se limpia la frente con el dorso de la mano.

—No pensarás meterte ahí debajo, ¿verdad?

—Del todo no, pero, si logro acercarme un poquito, podré ver con exactitud a qué nos enfrentamos. Parece que lleva algo en la mano derecha. —Wren se dirige al final del escenario y se detiene para darle una patada suave a la madera, que se derrumba. Mira al inspector—. Encontré un punto débil —le comunica.

Él se agacha a su lado mientras ella retira los trozos de madera podrida. Empieza a formarse un pequeño agujero. Leroux se asoma a la oscuridad, alumbrando con el celular hasta donde puede.

—¿Seguro que quieres hacerlo, Muller?

Wren asiente con la cabeza y se hace un chongo rápido. Luego se mete la mano en el bolsillo trasero del pantalón, saca un par de guantes negros de nitrilo y enfunda las manos en ellos.

—Segurísimo. Tú vigila.

Enciende la linterna y la sujeta con los dientes mientras se zambulle en la oscuridad. La música le retumba en la cabeza a medida que se va acercando al cadáver. El espacio es reducido y hace calor. Dispone del sitio justo para acuclillarse, incómoda, con la cabeza muy doblada y gatear. Decide avanzar a gatas y nota cómo las piedras y el suelo irregular le raspan las rodillas. Según se va aproximando, empieza a descubrir la salvajada de la muerte de esa joven. Tiene una serie de cortes, hematomas y heridas por todo el cuerpo, entre ellas un tajo grande en el cuello, y el pelo, moreno y rizado, adherido a la cara y a la garganta por la sangre, reciente y antigua.

—¡Virgen santísima!

La exclamación casi se le escapa de la boca, amortiguada por la linterna que sostiene entre los dientes. Leroux aguarda impaciente fuera, escudriñando la carnicería.

—Imagino que la escena debe de ser desoladora —dice con un suspiro.

Wren menea la cabeza y se gira un poco para mirar al inspector por encima del hombro.

—Esto es obra de un auténtico degenerado, Leroux. El peor hasta la fecha.

—¡Caraaajo! Tengo la sensación de que estamos a punto de atrapar a ese cabrón.

La forense se voltea de nuevo hacia el cuerpo de la víctima y le mira la mano derecha, extendida lateralmente, como si intentara en vano alcanzar algo. Lleva un papel entre los dedos rígidos, que Wren empieza a estirar despacio, forzándolos hasta que ceden en sus manos enguantadas. Su empeño le permite vislumbrar las líneas y los símbolos inconfundibles de un mapa. Wren ve unas parcelas marcadas y una leyenda en la que se etiqueta a los célebres ocupantes de notables panteones. Es un plano de la sección primera del cementerio de St. Louis.

—¿Alguien tiene una bolsa? —pide a su espalda mientras desdobla el plano.

Es uno de esos que les dan a los turistas que hacen la visita guiada del camposanto, deseosos de admirar los panteones y estudiarlos con detenimiento. Este es detalladísimo e incluye hasta los árboles que separan las sendas y los callejones de la llamada Ciudad de los Muertos. Wren sigue los caminos con la vista, en busca de algo fuera de lugar, de algún indicio que explique por qué una muerta lo agarraba con fuerza. Entre los grupos de sepulcros del centro del plano, ve una pequeña cruz carmesí y se le escapa un aspaviento.

—¿Qué pasa? —quiere saber Leroux.

—Aquí hay un plano de la sección primera del cementerio de St. Louis con un sitio marcado en rojo. Se me hace que el cadáver no es el único regalito que nos dejó ese tipo hoy.

—Mierda. Bueno, sal de ahí y vámonos al cementerio. Hay que parar esto. Ya.

Wren asiente, guarda el plano en la bolsa, la sella y echa un último vistazo al cuerpo maltrecho de la víctima. Con esa última ojeada solemne, detecta algo que le había pasado inadvertido. En la muñeca derecha, la víctima lleva un reloj inteligente de color blanco, tan impoluto que llama la atención. Es completamente nuevo y no muestra el desgaste del resto de los efectos personales de la joven. Es imposible que lo llevara puesto desde el principio, y menos aún en el momento de la muerte.

—Muller…, ¡vamos! —trina Leroux impaciente.

Sus ojos revelan sin querer lo que se le pasa por la cabeza y la forense ve que, como corresponde a su veteranía, ya está calculando los siguientes movimientos. Wren percibe el halo de duda y de frustración que lo envuelve, pero no deja que eso le impida estudiar la escena con su diligencia habitual.

—Sí, John, te estoy oyendo. Dame un segundo.

Alargando la mano enguantada, examina el reloj y toca con suavidad la pantalla para encenderla. Un haz de luz azul inunda el espacio reducido y oscuro. El reloj le pide un código numérico.

—¡Pásame el plano, Muller, y vámonos! —ladra Leroux.

Ella lo ignora y examina desesperada el espacio que le pareció tan sofocante hace un momento y ahora, en cambio, encuentra hueco y profundo. Con una mano, apunta la linterna a la zona que rodea el cadáver, confiando en hallar más información, pero solo ve tierra, polvo e insectos. Resopla fastidiada y agacha la vista.

—¡Me había parecido ver algo! —chilla.

Agarra fuerte la bolsa de pruebas, con el plano a salvo en su interior, y se dirige como puede a la salida. Mira a Leroux a los ojos, estira el brazo y le pasa la bolsa, estudiando una vez más la diminuta cruz carmesí.

—Dime qué número tiene la parcela marcada con una crucecita roja.

Leroux enarca una ceja, visiblemente exasperado.

—¿Qué? —protesta, pero mira el mapa, estirando la bolsa de pruebas para ver mejor los números—. La letra es pequeñísima. Uno, cinco, cero..., tres. ¿De qué va todo esto?

—Uno, cinco, cero, tres... Uno, cinco, cero, tres... Uno, cinco, cero, tres —se repite ella en voz baja mientras gatea de nuevo hasta el cadáver de la joven.

Con una mano enguantada, toca el reloj, que se enciende otra vez y le pide un código de cuatro cifras. Wren empieza a introducir los números y titubea antes de meter el último. Conteniendo la respiración, lo teclea con rapidez. Se activa el reloj y queda visible una *app* en la pantalla: la de la alarma.

—¡Wren! —grita Leroux con impaciencia. Ella procura calmarse; el corazón le golpea el pecho—. ¿Nos vamos o qué? ¡No hagas nada sin consultarme primero!

—Encontré algo, John —contesta ella por fin—. Lleva en la muñeca un reloj inteligente completamente nuevo que no embona con el estado del resto de su persona. Está claro que se lo pusieron después de muerta. El número de la parcela..., el uno, cinco, cero, tres..., es el código de desbloqueo, y ahora solo se ve una *app* en pantalla: la alarma.

Wren hace una pausa y ve que al inspector se le descompone el semblante, que se frota los ojos y le pasa la bolsa de pruebas a otro agente.

—¿Cuánto?

Ella mira la *app* de la alarma. La única que hay en pantalla está puesta para las dos de la tarde.

—Nos quedan cuarenta y cinco minutos —contesta.

—Hay que moverse. Landry, Cormier y Fox, adelántense con Will para evacuar el cementerio. Muller y yo vamos a ir ahora. —Sofocado, se voltea de nuevo hacia Wren—. Sal de ahí y vámonos.

Wren gatea hasta la abertura. Ve a su técnica merodeando por allí y le pide que se acerque.

—Llama al anatómico y pide dos vehículos de la Científica —le ordena, y la ve pulsar de inmediato la pantalla del celular.

Wren se quita de cualquier manera los guantes y se sacude el polvo de las rodillas mientras sigue precipitadamente a Leroux entre la multitud, que ahora se agolpa junto a la zona acordonada. La gente tiene cara de miedo, de curiosidad morbosa y de confusión. Se susurran unos a otros y estiran el cuello para intentar ver algo de lo que ahora está ocurriendo ya sin disimulos. Aún suena la música en vivo en otro de los escenarios, pero la actuación de la banda que lo ocupaba se interrumpió. No se dio cuenta hasta ahora.

17

Comprobar que la bala de su Glock dio en el blanco satisface a Jeremy de una forma indescriptible. Podría haber abatido a Katie y a Emily también, fácilmente, pero el juego no ha terminado aún. Es un festín demasiado delicioso para no saborearlo con calma, bocado a bocado.

Las ve correr sin rumbo por la frondosa parcela. Sin perderlas de vista, deja que piensen que han puesto distancia suficiente entre ellas y él. Katie se limpia con desesperación los sesos de Matt de la cara, tropieza y se queda rezagada. Es boba, y Matt era casi un cromañón, pero al menos Emily es una luchadora. Ella sí que es un estímulo. Una de las linternas parpadea, pierde potencia y se apaga mientras el haz de luz va dando botes por la espesura. «Ya solo les queda una». Sonríe y aprieta el paso, al ritmo de «(Don't Fear) The Reaper», de Blue Öyster Cult, que empieza a sonar. Esa noche *The Reaper*, la Muerte, es él.

Katie llora ruidosamente entre los árboles y su voz

alcanza un timbre muy similar al del conejo que de pronto se enfrenta a un depredador sanguinario. Jeremy mira el reloj y una sonrisa se dibuja despacio en su rostro. Hace unas horas que soltó a sus invitados y, al observar a Katie, la ve avanzar con torpeza, levantando la pierna derecha más de lo que requiere una zancada normal. Las drogas empiezan a hacer efecto. Le produce una emoción sin límites comprobar que su experimento está funcionando.

Lo inspiró algo que leyó sobre los envenenamientos con jengibre jamaicano durante la ley seca. En el Sur Profundo, a principios de los años treinta, unas mentes brillantes idearon una forma de jengibre jamaicano, conocido como *jake*, capaz de superar la estricta normativa del Departamento de Justicia estadounidense. Con la ayuda involuntaria de un profesor del MIT, crearon una fórmula basada en el triortocresilfosfato, porque podía pasar las pruebas sin alterar el sabor. Aquella revolucionaria receta para el contrabando de alcohol hizo que una barbaridad de usuarios terminara caminando con la pierna estirada y levantada y los dedos de los pies en punta. La epidemia de parálisis se dio a conocer de forma un tanto arbitraria como *jake leg*, la cojera del jengibre, y los investigadores determinaron demasiado tarde que el triortocresilfosfato es, en realidad, una neurotoxina peligrosa que mata las neuronas y daña la vaina de mielina que facilita el movimiento esencial de los músculos. Ingerida en cantidades considerables, esta sustancia química produce trastornos gastrointestinales y parálisis parcial de las extremidades, y tras recibir inyecciones diarias de esa sustancia a través de una vía subcutánea, Katie parece sufrir una oportuna cojera del jengibre.

Katie empieza a gritarle a Emily que se le está entumeciendo la pierna y la otra intenta desesperadamente convencerla de que siga adelante. Jeremy sonríe al ver que Katie se hace un ovillo, hincando las rodillas en la tierra cenagosa, y recorre la distancia que lo separa de ellas. Emily sopesa sus opciones mientras explora temerosa la arboleda que tienen delante y valora la luz que les queda. Katie solloza y amaga el vómito, y la otra intenta ponerla en pie pasándole un brazo por la cintura.

Se está planteando abandonarla; lo presiente. Prevalece el instinto de supervivencia. Jeremy carga la escopeta y se acerca la mira al ojo. Las chicas oyen el ruido y Emily intenta de nuevo tirar de Katie. Él aprieta el gatillo y acierta en el blanco sin problema. Katie suelta un alarido de dolor cuando la bala le revienta la rótula y le deja la rodilla hecha una maraña de carne y músculo disparados en todas las direcciones. Se derrumba por el peso del tronco y cae con un chapoteo al suelo pantanoso. A Emily no le queda elección: huye.

Jeremy se cuelga la escopeta a la espalda y desenfunda el cuchillo de monte mientras se dirige aprisa al lugar del que proceden los sollozos lastimeros de Katie. Se planta delante como una aparición y ella lo mira aterrada.

Él sonríe, se acuclilla a su lado y le pasa un mechón de pelo apelmazado por detrás de la oreja.

—Shhh… —le susurra sin dejar de sonreír.

Le agarra un buen puñado de pelo y, tirándole de la cabeza hacia atrás, le pasa la hoja del cuchillo despacio por el cuello. La sostiene ahí un momento, dejándola espurrear y esforzarse hasta que su cuerpo se queda sin fuerza. Jeremy cierra los ojos y escucha la música, tanto la sinfonía orgánica del pantano como la música enlatada que escapa por los altavoces. Deja caer la cabeza de Katie al barro y gira el cuello con un chasquido.

«Bueno…, a ver adónde huyó Emily…».

18

—Soy la doctora Wren Muller, del anatómico forense. Necesitamos una ambulancia en el 425 de Basin Street —dice, hurgando en el bolso con el teléfono apoyado en el hombro. Los minutos pasan rápido mientras Leroux zigzaguea entre los coches rumbo a su destino, a una víctima a la que aún podrían salvar—. Sí, la sección primera del cementerio de St. Louis. Posible emergencia médica. Si nos esperan a la entrada, llegamos en unos… —mira el reloj del tablero— ocho minutos. Okey. Gracias.

Suelta el celular en el asiento, junto a su cuerpo, y se calza unos guantes nuevos. Su rostro revela calma y determinación a partes iguales. Se le escaparon algunos mechones del chongo improvisado. Le caen por la frente y se posan con delicadeza en sus mejillas, ahora salpicadas de porquería de la escena del crimen.

Ve pasar a toda velocidad el paisaje de Nueva Orleans mientras Leroux toca el claxon, furioso, al conductor del vehículo que tienen delante. Cualquiera que no se aparte al oír la sirena policial es objeto de una retahíla interminable de palabrotas. Tiene los nudillos blancos de apretar el volante. No es el típico inspector desganado de un taquillazo policiaco.

—¿Crees que es una trampa, Muller? —pregunta por fin con mesura y prudencia.

Wren apoya el codo en la ventanilla del copiloto y descansa la sien en la mano. Suspira.

—Quiero creer que no. Y, en cualquier caso, debemos abordarlo como si no lo fuera. Pero no olvides que estamos suficientemente preparados para lidiar con la situación, sea cual sea. —Leroux asiente de forma casi imperceptible. Wren se yergue—. Además, Will y su pandilla de jóvenes promesas estarán allí como refuerzo —dice, y asoma a su boca una sonrisa burlona. Leroux ríe.

—«Jóvenes promesas» —repite meneando la cabeza—. ¡Vamos! Son novatos, pero ya hace tiempo que salieron del cascarón, Muller.

—Ya lo sé. Era broma. Si no confiara en sus aptitudes, no pondría mi seguridad en sus zarpas expertas.

Leroux se pone serio.

—Es que me preocupa que ese tipo vaya a estar sentado por ahí, viéndonos correr por todo el cementerio mientras nos tragamos sus migas de pan envenenadas.

Gira hacia Basin Street. La esquina está atestada de turistas y vecinos de la zona. Tres mujeres salen juntas de un inmenso estudio de yoga y se dirigen a una cafetería con terraza. La gente disfruta del almuerzo al aire libre en esta luminosa tarde de Luisiana mordisqueando mantecosos cruasanes rellenos a un paso de donde alguien podría estar debatiéndose entre la vida y la muerte. Leroux llega a la entrada del cementerio, punteada de enormes palmeras pegadas al imponente muro blanco. La brisa las mece suavemente y agita sus frondas como dando la bienvenida a tan peculiar atracción turística a todos esos visitantes ajenos a los horrores que aguardan en su interior.

—Ya —coincide Wren—. A mí también se me pasó por la cabeza. Pero no nos queda otra que intentarlo. Rezo para que la ambulancia tenga más que hacer que yo esta tarde.

19

Los pies de Emily apenas rozan el suelo mientras se desliza por un terrero desconocido con solo un haz de luz saltarín por guía. Hizo justo lo que Jeremy esperaba: abandonar a Katie y ceder a su instinto de supervivencia. Jeremy percibe su pánico súbito y abrumador. Sigue avanzando, pero el suelo pantanoso engulle todos sus pasos, haciendo un ruido enfermizo y obligándola a derrochar más energía de la que puede permitirse. El pantano colabora con Jeremy y le echa una mano en el logro de su objetivo final. El entorno le pertenece y, lo que es más importante, se ha vuelto contra ella.

Emily se detiene y apoya la espalda en el hueco de un árbol. Al recostarse sobre el musgo y el barro del tronco inmenso, le cae por los hombros una cascada de tierra e insectos descontrolados. Jeremy se pregunta si su invitada pensará que está siendo sigilosa. Oye su respiración, rápida y entrecortada. El miedo casi se mastica y Jeremy no puede contenerse más.

—¡Emily! —resuena su voz en medio del caos—. ¡Soy

Cal, Emily! —Ella se encoge, aterrada, e intenta reprimir el sollozo que se le escapa de la garganta y que él percibe en forma de gemido entrecortado—. Parece que solo me quedas tú —le grita entre risas—. ¿Ya localizaste la cerca? —Emily lo oye aproximarse. Le está revelando a propósito su posición mientras ella avanza cansina entre la maleza. Ese es su *crescendo* criminal—. ¿Sabes siquiera en qué dirección corres? —pregunta socarrón—. Pues por mí no te cortes: ¡sigue corriendo, coneja!

Llevado por un impulso dramático, Jeremy dispara al aire y Emily echa a correr de forma instintiva. Cruza un arroyo, salpicando ruidosamente y dejando que el barro le engulla por completo los zapatos. Al salir del agua, los deja allí abandonados y atraviesa un muro de matorrales. Las agujas afiladas se le clavan y le arañan las piernas, los brazos y la cara, pero eso no la detiene. Él también corre ahora y le está dando alcance. Emily serpentea para evitar un destino como el de Matt o Katie.

De pronto aparece. Como un oasis en el desierto, ve la cerca. Una valla metálica que cruza el bosque y separa con claridad los dominios de Jeremy de la libertad. Mide menos de dos metros y lo único que necesita Emily para saltarla es un poco de impulso. Hace una pausa y luego sale disparada, se abalanza sobre ella e hinca en los eslabones los dedos del pie y la mano derechos. De inmediato, experimenta un dolor insoportable. Un calambrazo se apodera de todas las células de su ser y le agarrota el cuerpo, que, entre sacudidas, sale despedido de vuelta a la pesadilla de la que venía.

—Me ofende un poco que no se te haya ocurrido que podría haber electrificado la valla —le dice Jeremy con condescendencia mientras pasa por encima de un árbol caído y se planta a su lado.

Ella espurrea sangre y oscila furiosa entre la inconsciencia y la plena consciencia. Se gira de lado y empieza a gatear. Aferrándose con desesperación al barro y el musgo, se impulsa hacia adelante lo mejor que puede. No tiene un plan. Solo piensa en distanciarse todo lo posible del monstruo que va tras ella. Jeremy la sigue despacio, desenvainando el cuchillo, y, tras arrodillarse, le pasa el brazo por la garganta para obligarla a que se incorpore. Sin más, mientras ella forcejea, le abre el ojo derecho con dos dedos, le echa en el globo ocular dos gotas de tropicamida y, antes de que ella note siquiera que ve borroso, le hace lo mismo en el izquierdo, reteniéndola por el cuello con el brazo.

—¡Para! —le grita ella echando la cabeza hacia atrás—. ¿Qué me pusiste?

—Unas gotas de tropicamida —responde él sin alterarse, mientras añade alguna gota más en cada ojo—. ¿Nunca te han hecho una revisión oftalmológica, Emily, y has visto borroso durante un par de horas y te han aconsejado que no manipularas maquinaria pesada? —pregunta con una sonrisa, consciente de que ella aún le distingue los gestos, aunque no de forma clara. Emily parpadea con rapidez para intentar enfocar, en vano—. ¿Has oído decir alguna vez «C5, sigues vivo»? —pregunta mirándola a los ojos, y ella le devuelve la mirada.

—Deja que me vaya, por favor —le suplica—. No se lo voy a contar a nadie.

El instinto de supervivencia que la llevó hasta allí entró en fase de regateo. Jeremy acerca la frente a la de ella hasta que se tocan.

—No me interrumpas —le ordena guiñándole un ojo, y luego aparta la cabeza—. Verás, si seccionas la médula espinal por encima de la vértebra cervical C5, la persona en cuestión seguramente morirá. ¿Sabes por qué?

Le quita de un capirotazo un insecto del hombro y espera la respuesta.

—Para ya. ¡Para, por favor!

Él tuerce el gesto y pone cara de asco.

—¿No lo sabes? ¿Estás en segundo de Medicina y no sabes algo tan básico de anatomía?

Emily cierra los ojos.

—Por favor —susurra.

Jeremy ignora sus ruegos y continúa:

—Las vértebras C1 y C4 flanquean los nervios responsables de indicarle al diafragma cómo respirar —le dice, señalando el de ella con la punta del cuchillo de monte—. Si seccionas esa parte concreta de la espina dorsal, te asfixias y te mueres. «C4, yo te mato».

—¿Por qué me cuentas eso? —pregunta ella, de pronto aterrada.

—No te lo voy a hacer a ti, Emily, tranquila —continúa él—. ¿Qué creíste, que soy un monstruo?

Se le acerca a la cara otra vez y mira el cuchillo, que hace girar por la empuñadura. Ella ve reflejarse en la hoja un pequeño rayo de luna que se cuela entre los árboles. De nuevo, el pantano se pliega a su voluntad. Le proporciona un foco para su espectáculo. Emily siente un dolor punzante en la zona lumbar. Esa sensación abrasadora es lo único que nota, y entonces cae en la cuenta demasiado tarde de que Jeremy le clavó el cuchillo en la espalda.

—En cambio, si seccionas la médula espinal por la C5, lo más probable es que el sujeto siga vivo, aunque, claro, con parálisis en la parte del cuerpo que se encuentre por debajo de esa vértebra —prosigue, dándole unas palmadas en la pierna—. Yo opté por la zona lumbar. —Ella lo agarra de la camiseta y, con el puño apretado, retuerce el tejido negro mientras mira desesperada alrededor—. «Cinco» y «vivo». ¡Qué rima tan sutil!, ¿verdad? —dice, sonriendo de nuevo, y, de un jalón, le saca el cuchillo de la espalda.

20

La sección primera del cementerio de St. Louis se alza imponente a la izquierda. Los secretos oscuros del pasado contenidos entre sus muros blancos se ven reforzados por el horror actual. Wren imagina a las hileras de difuntos viendo a ese monstruo hacer de las suyas. Los convirtió a todos y cada uno de ellos en testigos involuntarios de los crímenes cometidos en el interior de ese camposanto.

Se acerca la ambulancia y su sirena se hace oír por encima del bullicio callejero. Leroux se estaciona detrás del coche de Will. Sin hablar, Wren y él salen al aire denso del exterior. Los agentes que se encuentran en la escena doblan de pronto la esquina, serios y empapados ya en sudor.

—Ni rastro en los alrededores. Las puertas están bien cerradas. Landry y Knox están dentro, despejando el acceso a la parcela 1503.

Will parece más serio que nunca y Wren sabe por qué.

—¿Alguna novedad? —pregunta ella.

Él niega con la cabeza y guiña los ojos para protegerse del sol.

—Nada.

Entra la ambulancia y apaga la sirena. Dos paramédicos bajan de un salto y sacan su equipo de un pequeño compartimento en el lateral del vehículo.

—Vamos para allá; tráete a estos chicos, ¿sí? —le dice Leroux a su compañero señalando al hombre y a la mujer que acaban de bajar de la ambulancia. Will asiente y, apartándose un momento, pone al día a los paramédicos antes de seguir a Leroux y a Wren.

El cementerio más antiguo de Nueva Orleans se extiende ante ellos como si fuera interminable, pero son los corredores serpentinos los que provocan esa sensación. El silencio es espeluznante. En ese sitio es como si se hiciera el vacío. Aun con el bullicio de la ciudad al otro lado de sus muros, a Wren le cuesta percibir un solo ruido, algún indicio de vida. Solo se oye electricidad estática. Los muertos guardan bien sus secretos.

Girando a la derecha, se dirigen a las escasas parcelas donde hay tumbas. Todo está tranquilo. Hasta el cuervo grande que se posó en una sepultura cercana está inusualmente callado. Los mira y se mece un poco sobre la piedra medio derruida en la que clava las garras. Wren se pregunta si habrá ido allí a presenciar el descubrimiento.

—¡Palas! ¡Necesitamos palas! —grita la forense al ver la tumba recién cavada en una zona del cementerio en desuso.

Leroux corre por instinto hacia la tierra levantada y ve algo más. Los agentes cubren enseguida los alrededores. Con las armas desenfundadas, rondan y registran la zona en busca de alguna trampa. Wren ignora el descubrimiento del inspector y se dirige veloz al cobertizo del encargado, que tienen a su espalda. Como era de esperar, está cerrado con llave, pero hay una pala apoyada, de forma muy oportuna, en la pequeña construcción. La agarra y vuelve corriendo con Leroux, que le planta delante de la cara el objeto que le llamó la atención nada más llegar y que emite un ruidoso tictac.

—Un temporizador de cocina —dice sin aliento—. Coincide con la alarma que encontramos en la otra escena. Disponemos de veinte minutos casi exactos —añade, sofocado y sudoroso.

—Como haya alguien dentro, mal asunto. Dudo que siga consciente ahí debajo —contesta ella, mirando preocupada, con los ojos entornados, el montículo de tierra recién removida—. Hay que cavar. Ya.

Leroux se quita enseguida la chamarra, la deja caer al suelo y se remanga.

—Usa tú la pala —le ordena y, arrodillándose, empieza a excavar con las manos, convirtiendo sus brazos en palas improvisadas.

Wren cava furiosa. Desesperada, va echando a un lado la tierra mientras otros agentes se acercan a ayudar. Trabajan en silencio. Nadie dice nada. Lo único que se oye es el ruido de la pala al contacto con la tierra y la respiración agitada de todo el equipo. Las esperanzas de Wren se hicieron añicos, pero procura disimular delante de sus compañeros. Confiaba en encontrar a alguien al aire libre o incluso en un panteón. Una persona enterrada viva tiene muy pocas probabilidades de sobrevivir, y cuarenta y cinco minutos son mucho tiempo, por muy sana que esté la víctima. No tienen ni idea de en qué tipo de contenedor se enterró a esa persona, ni a qué profundidad está ni el tiempo que lleva ahí dentro. Ni siquiera saben si hay alguien ahí o no. A pesar de todo, Wren cava a toda velocidad. Apenas alberga esperanza, es cierto, pero tampoco la ha perdido del todo.

Leroux le arrebata la pala a Wren y la clava en la tierra con toda la energía y la rapidez de que es capaz. Los segundos resuenan con fuerza en el viejo temporizador de cocina y, en el rostro de su compañera, ve claro que cada segundo cuenta. Tiene la sensación de llevar días cavando. Ya hicieron un hoyo de casi un metro de profundidad. Se limpia la frente con los brazos y se embarra la cara de tierra.

—Chicos, ¿y si la víctima está enterrada a dos metros bajo tierra? —pregunta titubeante un agente.

Wren menea la cabeza y resopla.

—Pues cavamos dos metros.

Leroux sigue a lo suyo como un autómata. Aunque no reaccione a la preocupación de los otros, él también la siente. Dos metros de profundidad son mucha tierra que retirar sin previa planificación, herramientas adecuadas, hidratación ni descanso decentes. Hasta ahora no se había dado cuenta de que los dos paramédicos se quitaron la chamarra del uniforme para excavar con los demás. Cruza una mirada con la mujer y le dedica una cabezada a modo de agradecimiento mudo. Ella le devuelve el gesto y sigue excavando.

Trabajan juntos como una maquinaria bien engrasada, lanzando tierra en todas las direcciones. El equipo entero está supercentrado. Leroux mira de reojo el temporizador y la punta de la pala choca con algo sólido. La vuelve a clavar para asegurarse. Metal sobre madera. Vuelve a mirar la hora. Quedan cuatro minutos.

—¡Aquí hay algo! —grita, y se desplaza hacia un lado para retirar más tierra del ataúd de madera que van desenterrando poco a poco.

Wren aparta la tierra de la superficie y otros se apiñan junto a ella para recoger los montoncitos que se van formando en un extremo. La tumba no está compactada. El asesino quería que la encontraran y la abrieran, pero también que les costara hacerlo. El nerviosismo impregna el aire cuando asoma en un extremo del ataúd una de las asas.

—Vamos a intentar sacarlo por ahí —propone Will

señalando el asa al descubierto—. Podemos intentar inclinarlo para destaparlo sin echar más tierra dentro.

Wren asiente con la cabeza.

—Ustedes tres tiren hacia arriba y nosotros empujamos desde el otro lado. Si les digo que paren, paran. No quiero ponerlo demasiado vertical.

Los otros acceden y agarran bien el asa, apoyando la mano libre a los lados del ataúd para no perder el equilibrio. Los policías tiran fuerte mientras Wren y los paramédicos empujan por el otro extremo. Con un sonoro crujido, el ataúd se libera de la tierra que lo rodea.

—¡Paren! —grita Wren levantando la mano.

Paran, sueltan con cuidado el asa y dejan el ataúd apoyado en el montón de tierra retirada. Wren empieza a forzar la tapa y Leroux se acerca enseguida a ayudarla. Con un jalón rápido de los dos consiguen retirarla y se la pasan a los que aguardan arriba.

El tiempo se detiene. El lento tictac del temporizador es lo único que perturba el silencio.

—¡Dios mío! —exclama uno de los paramédicos tapándose la boca horrorizado.

La mujer que se encuentra en el interior del ataúd tendrá veintimuchos. Lleva el pelo cobrizo revuelto y embadurnado de barro. Tiene los ojos cerrados. Su semblante parece sereno, aunque esté cubierto de porquería. El vómito seco le ensucia las mejillas e impregna también el forro del ataúd. Va descalza y tiene los pies en carne viva y con costras de sangre seca y tierra. La camiseta blanca muestra indicios abundantes de desgaste. Una mancha ya antigua le corre por el costado izquierdo hacia la espalda. Los policías saben sin ayuda de Wren que es una mancha de sangre, de mucha sangre. La mujer del ataúd está inmóvil y callada.

Salta el temporizador.

21

Jeremy abre los ojos y se siente descansado, pese a que solo durmió dos horas. Se incorpora en la cama, escudriña las sombras de su cuarto y deja que la luz cálida vaya despertándolo despacio.

Pasea la vista por la amplia arboleda y espesura que se extiende delante de él como un océano. Es su Aokigahara particular, el llamado «Bosque de los Suicidios», en Japón, adonde van a morir las almas perdidas.

Anoche dejó a Emily en ese bosque, paralizada de cintura para abajo y sin escapatoria. Cuando le extrajo el cuchillo de la espalda, ella lo miró fijamente, con ojos de asombro, desorbitados. Jeremy se acuclilló a su lado un momento, solo para verla jadear de dolor. En su delirio, Emily incluso quiso agarrarse a él como a un salvavidas. Luego la abandonó en medio de aquella fría oscuridad y ella lo llamó a gritos, le suplicó que volviera, que no la dejara allí sola. Sus gemidos, a modo de nana, lo ayudaron a conciliar un sueño, aunque breve, profundo.

Ahora se pone una camiseta limpia, blanca e impoluta. Se cepilla los dientes y se peina con esmero el pelo rubio. Al salir por la puerta de atrás, escucha con atención el crujido de los tablones de madera bajo sus pies. Sus botas negras los golpean con fuerza. Se pregunta si ella lo oirá acercarse. ¿Habrá conseguido dormir algo ese cuerpo agotado y aterrado?

—¡Emily! —grita de lejos. Espera respuesta. Nada; solo le contestan las chicharras y los pájaros—. No te habrás muerto, ¿no? —grita de nuevo, bromeando solo a medias. Su querido pantano es lo único que le responde. Aprieta el paso, se adentra en la frondosa espesura y baja de la pasarela de madera en dirección a la valla que bordea la parcela, donde abandonó el cuerpo. Está nervioso e impaciente—. Emily, espero que me perdones —canturrea conteniendo una risita.

Entra en el claro que hay junto a la cerca y ve a su víctima, recostada, en posición casi horizontal, con la espalda pegada a la valla. El alambre se comba tras ella y hace que se abra un hueco por debajo. Está inmóvil. Por un instante, se pregunta si habrá muerto. «No, no, así no me vale». Aprieta el paso de nuevo y se acerca a ella a grandes zancadas, explorándola con la mirada. No puede morir aún; le estropearía todo el plan. Iba a ser su mensaje, su advertencia.

Al acercarse a la figura inmóvil, fuerza la vista. Se acuclilla y ve que no es Emily la que tiene delante, sino Katie. Con el corazón desbocado, ata cabos. Erró la puñalada. Como fuera, no debió de acertarle en la médula.

Está claro que aún podía moverse cuando la abandonó anoche. Acelerado, pasa el brazo por el hueco de la valla. Emily fue más lista que él. Arrastró el cadáver de Katie por toda la finca y lo usó como escudo frente a la valla electrificada. Toca la sangre que impregna el alambre por encima del cuerpo de Katie. Emily dejó que Katie se convirtiera en conductor y escapó trepando por encima de ella. La sacudida eléctrica apenas le habrá afectado tras recorrer el cuerpo de Katie, si es que la alcanzó siquiera.

Se pone en pie y contempla la maleza y la amplia extensión de árboles que hay al otro lado del perímetro de la palestra que él mismo construyó. Emily ha desaparecido. Mientras cierra los ojos al sol de la mañana, agradece haber sido, por lo menos, precavido. Con esas heridas, no llegará muy lejos y, aunque lo consiga, no verá más allá de sus narices gracias a la tropicamida. No tardará en darle alcance. Claro que eso no lo alivia: le desbarató los planes.

22

Wren se toma un minuto; luego se pone a trabajar y, alargando la mano enguantada, le toma el pulso a la víctima. Cierra los ojos y se centra en localizar la carótida de la mujer. Aprieta un poco e intenta desesperadamente notar algún indicio de vida. Entonces lo detecta: bajo las yemas de los dedos, percibe una levísima actividad cardiaca. Su mundo se vuelve de un intenso tecnicolor.

—¡Toda suya! —grita histérica a los paramédicos—. ¡Tiene pulso!

Los dos técnicos actúan de inmediato. Colocan a la víctima un poco ladeada y, al voltearla, descubren el origen de la mancha oscura de la camiseta.

—Tiene una herida en la columna cervical —informa el paramédico, concentrado y eficiente, recuperándose enseguida de la conmoción inicial—. Aunque parece que se la han... curado.

—¿Cómo? —Wren se agacha incrédula y escudriña el vendaje ensangrentado que cubre la herida de la parte superior de la espalda—. ¿Le vendaron las heridas?

—dice extrañadísima—. Nunca ha procedido así. Es más, no recuerdo ningún asesino que haya hecho algo así.

Leroux menea la cabeza, intentando apagar el ruidoso temporizador de cocina que aún tiene en las manos. Un agente que está a su lado se lo quita sin decir nada y lo desactiva con un clic. Más allá, otro policía brama órdenes a los demás para que acordonen la zona y pidan refuerzos.

—Nos la llevamos —espeta el paramédico—. Lo primero de todo es estabilizarla.

Con la ayuda de Wren, sacan a la mujer del ataúd, despacio, y la van conectando a varios dispositivos de soporte vital, algo que la experiencia les permite hacer de forma casi imperceptible. La forense estudia un momento el ataúd e inspira hondo al reparar en un esqueleto humano completo embutido en un lado. El asesino enterró a su víctima con el ocupante original. Aún no es posible saber si ella estaba consciente cuando lo hizo, pero a Wren no le da tiempo a pensar mucho en la pesadilla de que te entierren vivo porque Leroux la empuja por el hombro y la saca de su ensimismamiento.

—Fíjate en la tapa —le dice muy serio, mirándola a los ojos.

Se confirman los peores temores de Wren al ver los arañazos que plagan de forma caótica la antiquísima madera. Parece sacado de una película de terror. Como en *El silencio de los corderos*. La forense, que lleva grabada a fuego en la memoria la uña rota incrustada en la piedra del infame pozo en el que Buffalo Bill escondía a sus víctimas, se enfrenta ahora a una realidad similar fuera de la pantalla. Algunos de los arañazos están impregnados de sangre y, al echar un vistazo a las manos de la víctima, descubre que las ha usado para dar zarpazos en la madera hasta destrozarse los dedos. En algún momento de su encierro bajo tierra, ha estado lo bastante lúcida como para entender dónde se encontraba. A saber cuánto tiempo habrá pasado intentando en vano librarse a zarpazos de la tapa de madera que la retenía allí dentro, ignorando quizá el metro de tierra que la aguardaba al otro lado.

—Está viva, John —dice por fin, incapaz de apartar la vista de los arañazos—. Tiene pulso y nos podrá decir quién es ese sujeto. Eso es lo que importa.

Leroux se afloja el nudo de la corbata. Aprieta la mandíbula y se esfuma de sus ojos el optimismo desesperado que los inundaba hace un instante; en su lugar, hay un demoledor atisbo de derrota.

—¿Tú viste lo mismo que yo, Muller? Bien podría estar muerta. No sería de extrañar que te la encuentres en una de tus mesas de autopsia dentro de unas horas —espeta y, abatido, se gira para tirar al suelo un puñado de tierra—. Ese cabrón nos la jugó y caímos en su trampa.

Wren no disiente: ella misma le tomó el pulso a la víctima y sabe que era débil en el mejor de los casos. Si llega a despertar, difícilmente recordará algo. Pero eso no lo dice.

—Te equivocas. No nos la jugó.

Leroux se voltea enseguida a mirarla.

—¡No me vengas con esas ahora, Muller! ¿No nos la jugó? Hicimos el ridículo, actuando contrarreloj guiados por un temporizador que él mismo nos puso ahí. Eso era justo lo que quería.

Lo dice con una agresividad que Wren no le conocía. No le tiene miedo, pero teme por él. Inspira hondo, despacio, y contesta.

—No, John, él la quería muerta. Quería que albergáramos falsas esperanzas, que creyéramos que llegábamos a tiempo de rescatarla y luego nos encontráramos un cadáver dentro. Eso era lo que tenía previsto y no ocurrió. —Leroux se ablanda y ella prosigue—: Levantamos la tapa y encontramos un ser humano vivo, una persona que lo ha visto, lo ha oído y que, carajo, probablemente hasta lo ha olido, y, aunque no pueda orientarnos cuando despierte, le habremos salvado la vida. A una persona. El asesino fracasó. Pase lo que pase ahora, ya fracasó.

Wren sale del hoyo en el que estaban los dos y se sacude la tierra de los pantalones. Leroux echa la cabeza hacia atrás y gruñe; vuelve a ser el de siempre. Se incorpora y sigue a la forense hasta la entrada del cementerio. Caminan al mismo paso, ambos agotados por el esfuerzo de salvar una vida. Wren, sofocada y empapada en sudor, lleva más pelo fuera del chongo que dentro. Leroux lleva el suyo revuelto y mojado, y la camisa chorreando. Mientras se alejan del momento que acaban de vivir, los dos procuran creer que el sobresfuerzo de la jornada ha valido la pena.

—Me gusta pensar que no lo tenía previsto así, que no se salió con la suya —concede Leroux—, solo que eso es como un premio de consolación: lo puedo poner en un estante y me sube el ego un rato, pero no es el trofeo de verdad. No es una auténtica victoria. No estamos más cerca de atraparlo. Cualquier pérdida ulterior de vidas inocentes va a seguir siendo responsabilidad mía.

SEGUNDA PARTE

23

Jeremy está recostado en una tumba cercana. Hay mucha humedad en el ambiente esa mañana y, echando la cabeza hacia atrás para contemplar la inmensidad del cielo, se limpia con el antebrazo las gotas de sudor de la frente.

El cementerio de St. Louis está en silencio, aun repleto de turistas. Ahora, casi un día entero después de que desenterraran a su víctima y lo tildaran de fracasado, ese lugar le parece todavía más aislado del mundo de los vivos.

Los enterramientos de Nueva Orleans siempre han formado parte del saber popular. La desafortunada ubicación de la ciudad sobre una capa freática convierte el terreno en uno de los lugares más inhóspitos para un cadáver fresco. Los ataúdes sepultados bajo tierra se llenan de agua y terminan emergiendo hasta con las más leves inundaciones. Pese al empeño de los primeros enterradores en sujetar con peso a los muertos, estos casi siempre sucumbían a la presión ascendente del agua.

Cuando los ataúdes empezaron a bajar flotando por las calles de Nueva Orleans, quedó claro que era necesaria una solución distinta.

Ahora los difuntos yacen en pequeñas criptas, a ras de suelo. La constelación laberíntica de sepulturas genera una atmósfera espeluznante que le ha granjeado el sobrenombre de Ciudad de los Muertos. Como no podía ser de otro modo, la reina del vudú, Marie Laveau, la convirtió en su hogar. Los visitantes se han pasado años marcando su tumba con tres equis con la esperanza de que sus sueños más inverosímiles se hicieran realidad.

Ahora ya no dejan pasar a cualquiera al cementerio. La archidiócesis de Nueva Orleans estableció normas estrictas después de que unos vándalos asaltaran las tumbas medio derruidas. Esas sepulturas en ruinas son hermosas a su manera, pero si alumbramos cualquiera de ellas queda a la vista un macabro espectáculo de exhibicionismo, de esqueletos desarticulados apenas cubiertos por restos de tejidos de épocas ya muy lejanas en el tiempo. La ciudad se apresuró a proteger la santidad de los difuntos.

Aun así, Jeremy ha entrado en ese mundo prohibido saltando la barda sin más. Recuerda que la última vez que estuvo allí a esa hora tuvo que romper la cámara de seguridad que apuntaba en esa dirección para poder cruzar la puerta arrastrando a su víctima y enterrarla deprisa. Lo había investigado previamente. Sabía que aquella parcela era una antigua sepultura bajo tierra y, una vez a salvo en el interior del cementerio, cavó sin problema un hoyo poco profundo en la tierra húmeda. Recuerda que, haciendo palanca, logró levantar la tapa del ataúd deteriorado y astillado y después apartó los huesos medio deshechos para meter a la nueva inquilina. Pero sobre todo recuerda la deliciosa sensación de sacarse con cuidado del bolsillo la pulsera, pequeña y de aspecto frágil, y calzársela en la muñeca izquierda a la víctima antes de enterrarla en la tumba profanada.

Le viene a la cabeza el viejo cliché de que los asesinos regresan a la escena del crimen y, a pesar de lo decepcionantes que han sido las últimas horas, le hace un poco de gracia. Prefiere personificar el cliché ahí, en medio de la belleza monstruosa e imponente del cementerio, a regresar al recinto del festival de jazz.

Piensa en el torbellino de personas que bebían, comían y reían bulliciosas a su alrededor. Que el aire era denso y pesado, pero con una suave brisa que movía aun a los más sensibles al calor a pasar la tarde lejos del confort sintético del aire acondicionado.

Se sintió a salvo y seguro mientras el hedor empalagoso de la carne medio putrefacta se mezclaba con los diversos olores a comida de feria. Recuerda el placer de detectar entre la multitud algunos rostros de pronto conscientes de que aquel aroma acre a descomposición de dos días eclipsaba el perfume más agradable de los buñuelos espolvoreados de azúcar y del *gumbo*, la sopa criolla de Nueva Orleans. Entonces todavía no la veían, pero el olor la delataba. Aun después de silenciados sus gritos, ella tuvo la osadía de alargar el brazo desde debajo del escenario. La emoción resultaba embriagadora.

Jeremy cierra los ojos y la ve. Ve los ojos de pánico de su víctima, muy abiertos, después de que le fuera arrebatado en el oscuro pantano el último vestigio de esperanza. Esos ojos han perdido la luz y los párpados pesados se cierran en una mirada fija medio soñolienta. La línea fina y prieta que formaban sus labios es ahora floja y perezosa, como si quisiera decir algo, pero no pudiera.

La voz de los muertos queda silenciada para siempre. No son más que cascarones de tejido con valor clínico, incapaces de transmitir lo que en realidad experimentaron antes de terminar en una mesa de autopsias.

Nadie puede conocer la absoluta soledad que precede a la muerte hasta que le llega. La psicología puede explicar con precisión lo que ocurre cuando se detiene un corazón, pero no la angustia que derrama el alma de un individuo en el instante en que es consciente de que otro lo está despojando de la vida.

Mientras recorre nervioso las sendas del cementerio vacío, Jeremy se aferra a esos recuerdos para no desfallecer con todo lo que le ha salido mal desde que diseñó meticulosamente su plan por primera vez.

Se recuerda que su misión es otra, mayor, la que emprendió hace casi siete años, y que no debe perderla de vista. No puede cometer más errores.

24

La llamada entró solo unas horas después de que salieran del hospital. La víctima sufrió una insuficiencia respiratoria y murió. Los médicos y las enfermeras de guardia intentaron salvarle la vida con diversas maniobras de ventilación, pero su organismo se detuvo sin más. Por el informe de la muerte se supo que una puñalada le seccionó las raíces espinales a la altura de la C6. Tenía el cuerpo paralizado de la cintura para abajo. Al enterarse, Wren sacudió instintivamente la pierna.

El personal médico informó también que el asesino le curó la herida a su víctima, como Wren ya sospechaba. La hemorragia no había sido tan notable como si la hubiera dejado sin tratar, con lo que es muy probable que no haya sido esa la causa de la muerte. Los resultados de los análisis de sangre proporcionaron una imagen aún más clara del sino de la víctima. Llevaba en el organismo cantidades moderadas de cicuta, administrada muy posiblemente por vía intravenosa antes de enterrarla viva. La cicuta remató el trabajo empezado por el asesino.

Wren se detuvo en ese detalle cuando lo leyó por primera vez. Se trata de un veneno literario y se pregunta qué significará que el asesino haya recurrido a él de ese modo.

Ahora que tiene el cuerpo sin vida, ya frío, en la mesa de autopsias, Wren no deja de pensar en la cara de los padres de la víctima en el hospital, en sus mejillas empapadas de lágrimas, en esos ojos cansados que se le grabaron a fuego en la memoria. Ni se imagina el dolor que sentirán cuando descubran la magnitud del horror que soportó su hija, lo que vio, sintió y sufrió. Los crímenes de ese asesino son como un virus de transmisión aérea, que contagia a todos los contactos del paciente cero. Para él no es más que un daño colateral, pero a los implicados les consume hasta la última célula. La familia, que por un instante creía haber recuperado a su hija viva, vio cómo todas sus esperanzas se hacían pedazos. Aunque a veces la muerte sea lo más misericordioso.

Wren vacía la bolsa verde que contiene los efectos personales de la víctima, trasladados al depósito desde el hospital donde la joven exhaló su último aliento hace solo unas horas. El contenido se derrama por la mesa de acero, junto al cadáver. No hay muchas cosas dentro. La ropa sucia y manchada de sangre que los médicos de Urgencias le retiraron del cuerpo cortándola cuando intentaban salvarle la vida. La espalda de la camiseta blanca está marrón debido a la sangre seca. En la manga derecha hay vómito seco; debió de caerle allí después de perder la consciencia. Los *jeans* están salpicados de barro. Wren está decidida a averiguar lo que le hicieron a esa mujer antes de su muerte prematura, pero, al mismo tiempo, le horroriza descubrir la verdad. Sabe que las últimas horas de lucidez de la joven debieron de estar repletas de sucesos que ni siquiera un director de cine de terror podría imaginar.

Deja a un lado la ropa y se centra de nuevo en lo que sacó de la bolsa. Solo queda una cosa. La otra única pertenencia con la que se trasladó a la víctima es una pulsera que, según el informe pericial que la acompaña, llevaba en la muñeca izquierda. Escudriña la joya. Se trata de una delicada pulsera de plata con un abalorio en forma de corazón anatómico que lleva una E chiquitita grabada en un lado. Enfoca y vuelve a enfocar, como incrédula. La toca con la mano enguantada, tratando de demostrarse que está ahí de verdad, en la sala, con ella, y casi espera que sus dedos la atraviesen como si fuera un espectro, pero estos entran en contacto con el metal frío, primero con el abalorio y después con el resto de la pulsera. Es de verdad y está ahí.

Sus pensamientos son caóticos. La asaltan en patrones indescifrables. Imagina que el interior de su cerebro suena como un disco rayado que no para de saltar en el mismo sitio. Conoce esa pulsera. Le perteneció en otro tiempo. Ahora está en un lugar donde se siente más fuerte y competente que en toda su vida, a años luz de la versión de sí misma que un día llevó esa pulsera que tiene en las manos, una pulsera que pertenece a Emily Maloney y que pertenece también a Wren Muller.

25

Jeremy no puede evitar pensar que su gran regreso ha tenido un comienzo algo escabroso. Siete años. Siete años de planificación y de trabajo han culminado en un espectáculo del todo insatisfactorio. Ayer, obligado a permanecer oculto en el exterior del cementerio, vio sucederse el desastre: desde el que debería haber sido un placentero observatorio, comprobó, impotente, cómo su plan se desmoronaba. El fracaso nunca es fácil de digerir, pero para él es como tragar cristales. Lo ha evitado con éxito toda la vida y ahora, sin saber por qué, se ve inundado por él.

Lo había planeado todo con tanto esmero, eligiendo a las víctimas y las modalidades de asesinato que desencadenaran recuerdos concretos en las personas que trabajaban en su caso desde el principio. Había dejado pistas, algunas no muy sutiles. Las páginas de *El juego más peligroso*, el relato de Richard Connell que le hizo tragar a aquella chica, de tan obvias casi resultaban irrisorias. Puede que hubiera sido una arrogancia desplegar su poder sobre esas criaturitas frenéticas que pretendían darle caza, pero estaba decidido a atraer la atención de Emily. Quería recordarle su vida anterior, la de verdad. Casi podía sentir su regreso mental a esa época en la que aún no era más que una conejita asustada que huía de él por un pantano oscuro.

Después de tanto tiempo, es la fuga de Emily la que sigue resonando en su memoria. Salir al recinto vallado de su finca aquella mañana de hacía siete años y toparse con los restos de su huida había sido insoportable, y no porque hubiera tenido que deshacerse enseguida de los cadáveres de Matt y Katie y de cualquier rastro de su experimento, ni mucho menos. Llevaba años reviviendo aquel fracaso, perfeccionando su trabajo y asegurándose no solo de que jamás volvería a sentirse así, sino también de que nadie más que él le arrebataría a Emily su último aliento. Su muerte debía orquestarla él.

Ahora, viendo cómo se desmorona otro momento planeado meticulosamente, le hierve la sangre. Ha tirado demasiado fuerte de los hilos de sus marionetas. Ha notado cómo se deshacían con la presión, se rompían y dejaban al descubierto a quien se ocultaba tras el telón. La escena había sido casi perfecta, casi el espectáculo que pretendía crear.

Aún tiene remedio y hay que dedicarse a ello, pero lo único que oye es el recuerdo reciente de esas palas clavándose en la tierra con tanto acierto una y otra vez. Las respiraciones, laboriosas y rápidas. El grupo del interior de la lona de plástico azul gruñendo y resoplando. El policía y los paramédicos llenos de tierra del cementerio, excavando con las manos hasta que ese hombre de setenta y tantos años se abrió paso amablemente entre la multitud con un par de palas. Jeremy no recuerda semejante muestra de verdadera bondad ni antes ni desde entonces, pero, a pesar de la ayuda imprevista de ese civil, Jeremy confiaba en la inminente desolación de los presentes.

Lo cierto es que se había arriesgado mucho. Algo de semejante magnitud precisaba una confianza ciega, pero él la había tenido de todas formas. Habían sonado las campanas para él y su empático tañido le había parecido eufórico, tronando en el silencio como una broma inoportuna, cruda y brusca. Girándose hacia la calle, Jeremy se había recostado en la pared del cementerio como un amante satisfecho. Claro que lo que había sucedido a continuación había eclipsado la satisfacción que hubiera podido sentir antes. «¡Toda suya! ¡Tiene pulso!».

Esas palabras lo atormentan ahora. Incluso un día después, la oye decirlas sin parar, chorreando prepotencia. Emily las había sacado de su carcaj, las había cargado en el arco y, tensando fuerte la cuerda, las había lanzado con el poderío de una arquera avezada. Jeremy aún se sentía atravesado por ellas.

Al principio lo había aterrado la idea de que su inesperada superviviente le hubiera visto la cara, que supiera su nombre e incluso su sobrenombre, pero enseguida lo

191

consoló la certeza de que, aunque su víctima hubiera sobrevivido de algún modo a la parálisis y a la privación severa de oxígeno, no habría estado lo bastante lúcida como para ponerlo en peligro alguno. Los espasmos musculares y las convulsiones casi constantes sufridas en esa diminuta caja le habrían producido daños neurológicos irreversibles. Le habrían destrozado el cerebro.

Además, Jeremy sabía desde el principio que no es habitual que un plan se ajuste a lo previsto sin una sola alteración, por pequeña que sea. Por eso existen las contingencias, y él había agradecido que se le hubiera ocurrido inyectarle cicuta al organismo dormido de su víctima antes de meterla en aquel lugar de descanso medio definitivo. Por supuesto, habría sido preferible que la encontraran muerta al exhumarla, pero siempre es mejor un plan de contingencias que un fracaso absoluto. La cicuta le había inundado el torrente sanguíneo y el paro respiratorio había rematado la faena.

Como le pasó a Sócrates. Tenía setenta años cuando lo juzgaron por impío y pervertidor de menores. Cuando un jurado de iguales lo encontró culpable de ambos cargos, le comunicaron que tendría que ser su propio verdugo. En la antigua Grecia eran así de teatrales. Lo condujeron de inmediato a prisión y le entregaron una infusión de cicuta. Le ordenaron que bebiera y caminara por la celda hasta que le fallaran las piernas. La historia querrá hacernos creer que murió con dignidad, que hizo lo que le ordenaron y lo hizo con estoicismo, pero Jeremy sabe bien el caos que puede desatar la cicuta (vómitos, convulsiones, insuficiencia respiratoria...) y le alegra comprobar que la historia se ha repetido en su última víctima.

Sabe que no es sano repasar los fracasos. Nota que se está volviendo cada vez más obsesivo, hasta el punto de que podría cometer una imprudencia, pero, como un avión abatido, cae en picada y no puede parar.

26

El reyezuelo es una criaturita verdaderamente excepcional. Representa el renacer y la protección, la inmortalidad y la fuerza. Como es un pajarillo de escasa estatura, otras aves y depredadores de mayor tamaño subestiman su asombroso ingenio y su increíble inteligencia. Sin embargo, pese a su supuesta fragilidad, el reyezuelo convence al depredador inexperto de que lo cubra cuando se siente amenazado.

Por todo eso, la forense se hizo llamar así, Wren, que es reyezuelo en inglés. Hace siete años, Wren Muller era Emily Maloney, una joven empeñada en ser médico. Era confiada, ingenua y del todo ajena a los horrores que padecería. Y entonces un asesino sádico que se hacía pasar por su compañero de laboratorio y su amigo la drogó, la secuestró, la persiguió, la apuñaló y la dio por muerta en un pantano escondido, uno que ella aún no es capaz de situar en el mapa.

Al principio se culpaba a sí misma por no haber detectado las señales, y repasaba mentalmente lo sucedido una y otra vez: la de horas que debía de haber estado allí tirada, con la mirada borrosa y los ojos superirritados; el dolor insoportable de espalda y de cabeza; el temor a moverse por si él volvía… Recuerda que el miedo le burbujeaba en la garganta como bilis, tan desbordante que le parecía que iba a ahogarse en él. Pero, al final, se desvaneció. Se recuperó de la tortura física y mental que él le había infligido. Aprendió a sobrevivir y, en última instancia, a seguir adelante.

Ahora la sonrisa perversa de Cal la atormenta de nuevo. Ha vuelto a transportarse a aquella franja de pantano y se ve a sí misma, ensangrentada y magullada, mientras se palpa la espalda en busca de la herida profunda de la zona lumbar. Su agresor erró la puñalada. No consiguió alcanzarle la médula espinal; la hirió, pero no la paralizó como pretendía. A fin de cuentas, ninguno de los dos había pasado de segundo de Medicina. Se recuerda arrastrando el cuerpo de Katie por la tierra esponjosa. Aquella noche tenía los ojos como lijas, pero la adrenalina la ayudó a sobreponerse al dolor asfixiante y al agotamiento. Sabía que debía redirigir la corriente eléctrica de la valla para poder cruzarla con tranquilidad. Tuvo que hacer un esfuerzo sobrehumano para pegar el cuerpo sin vida de Katie al metal. Ya no recuerda cómo fue trepar por el cadáver de su compañera de sufrimientos y, en el fondo, agradece que su cerebro la proteja de esos detalles sensoriales. En cambio, sí recuerda haber corrido. Recorrió kilómetros corriendo. Era como correr por el agua.

Parpadea para salir de su ensimismamiento y traga saliva. Ahora sabe que Cal era «el carnicero del pantano». Ya había matado a varios hombres y mujeres antes de atacarla a ella, y lo está haciendo otra vez. Se quita deprisa el guante de la mano derecha y agarra el celular.

—John —dice con un nudo en la garganta—, ¿vienes hacia aquí?

Oye ruido de tráfico.

—Sí, estoy ahí en unos cinco minutos. ¿Qué pasa?

Lo nota preocupado. Le dan ganas de gritarle que sabe quién es «el carnicero del pantano», que tiene pruebas de que ha vuelto. Inspira entrecortadamente y mira de reojo la pulsera.

—Estoy bien, solo que, cuando llegues, tengo que contarte una cosa. Es algo gordo y quería avisarte para que no te lleves un susto.

Habla demasiado rápido, pero no consigue frenarse. Aún se está recuperando del bofetón de realidad.

—No te muevas, que estoy contigo enseguida —le dice él cariñoso, pero tan imperturbable como siempre.

Leroux cuelga y Wren deja el celular en la mesa de acero que tiene delante. Escucha un instante su propia respiración en la sala de autopsias. Al cabo de un minuto, agarra un mango de bisturí. Extrae con cuidado de su envoltorio una hoja y la monta, presionando, hasta que hace clic.

—No he concluido el examen externo —dice en voz alta, como si hablara con la víctima.

Deja el bisturí sobre la sábana que cubre el torso de la víctima, se cambia los guantes por unos nuevos y se sujeta la pantalla facial a la cabeza. Retira la sábana y sostiene la hoja del bisturí sobre el hombro derecho, preparada para realizar la incisión en forma de Y. Antes de que la hoja entre en contacto con la carne pálida, Wren se detiene.

—No te voy a fallar, Emma —le promete, llamando a la víctima por su nombre de pila para reforzar su determinación. Aún puede oír las voces angustiadas de los padres de la joven en la morgue del hospital mientras le agarraban las manos sin vida. «Cuide de mi Emma», le suplicó la madre.

Ahora Wren cierra los ojos con fuerza, como si pulsara un botón de reseteo.

—Soy toda oídos.

Se le llenan los ojos de lágrimas, pero las contiene parpadeando. Un patólogo forense no puede hacer un mal examen externo; forma parte esencial del proceso. Una vez hecha la primera incisión, todo cambia. Wren se niega a permitir que su implicación en el caso ponga en peligro la labor que tiene por delante. Ahora le toca a Emma hablar, no a ella lamentarse del pasado.

Empieza por la cabeza de la víctima, apartándole el pelo apelmazado de la frente con la mano enguantada. Tiene los ojos entornados y parece a punto de quedarse dormida. Aunque ahora le pesen los párpados, Wren está convencida de que esos ojos fueron en su día de un azul intenso. Inolvidables. Ahora se ven nublados y tristes. La especie de bruma fina que los ha cubierto les da un aspecto fantasmal. Se trata de un desafortunado efecto secundario de la muerte, siempre más difícil de digerir con un par de ojos como esos. Levanta un poco un párpado para ver si hay indicios de hemorragia petequial. No ve ninguno de los pequeños capilares que suelen reventar en el globo ocular o alrededor de este cuando una víctima es estrangulada. Nota que, al pensarlo, se le acelera el corazón y empiezan a temblarle las manos. Cede un segundo al nudo que tiene desde hace rato en la garganta. A veces, un simple sollozo ayuda a disipar la presión. En cambio, se yergue de nuevo. Se lo sacude de encima y acerca las manos a la siguiente zona de examen.

Emma aún lleva sujeto a la cara el tubo endotraqueal. Tirando ligeramente de él, Wren despega con cuidado el esparadrapo que lo sostiene. El aire atrapado sale por la boca de la víctima en forma de suave corriente que un oído poco entrenado bien podría confundir con un signo de vida. Hace una breve pausa y recuerda la escena de *El silencio de los corderos* en que el patólogo forense extrae de la garganta de una de las víctimas de Buffalo Bill la crisálida de mariposa muerta. Wren siempre se estremecía cuando escapaba el aire atrapado al sacarla y está convencida de que la escena conformó su temprana fascinación por el cuerpo humano y lo que le sucede después de la muerte.

Emma presenta varios hematomas pequeños en los brazos, sin duda fruto de su intento de escapar de su encierro subterráneo tras ser enterrada viva. Esas heridas no se corresponden con ninguna clase de golpe. Las anota en la ficha, le toma las manos a la víctima y repara en las uñas rotas. Los bordes dentados son un crudo recordatorio de que despertó en un ataúd e intentó con desesperación salir de allí a zarpazos. Wren toma una muestra de debajo de las uñas. Ya sabe que el asesino no permitiría jamás que sus víctimas llegaran al depósito con restos de su ADN en las uñas, pero es parte necesaria de la autopsia. La diligencia profesional te recompensa cuando menos te lo esperas.

Wren comienza la exploración de las piernas, de las que los padres de Emma hablaban con orgullo a cualquier médico o enfermera que les prestase atención. Presumían de lo excelente corredora que era, y al padre se le empañaban los ojos recordando cuando Emma lo acompañaba de niña en sus carreras nocturnas. Se le quebraba la voz al relatar cómo se retaban y motivaban el uno al otro. Estaba claro que le encantaba que aquellos momentos de comunión padre-hija se hubieran convertido en la pasión de Emma. Cuando Wren les comunicó que quizá se quedara paralítica de cintura para abajo, los destrozó. Logró mantener la compostura delante de ellos por no arrebatarles el derecho a lamentar la inmensa pérdida de su pequeña, pero esa misma noche, en la penumbra de la sala de su

casa, cedió por fin a la presión y lloró desconsolada-
mente.

Aunque ya no pueden trotar por las banquetas, las
piernas de Emma siguen fuertes. Wren percibe con claridad los cuádriceps de una corredora. Ve los músculos
largos y enjutos esculpidos con años de entrenamiento.
Ahora las heridas se le entrecruzan por la piel, seguramente de correr por una zona boscosa. Repara en las
laceraciones de los pies, como si hubiera trotado descalza en condiciones extremas. Ha visto ese mismo patrón
en múltiples víctimas, incluida ella misma. Sacude la cabeza para deshacerse del recuerdo.

—¿Dónde has estado? —le pregunta pasándole el
pulgar por el enorme rasguño del lateral del pie izquierdo—. ¿Te llevó al mismo sitio que a mí?

Leroux se acerca por el pasillo y Wren oye tronar su
voz mientras bromea con un par de técnicos. El inspector suelta una carcajada contagiosa y el revoltijo de pensamientos de Wren se organiza de pronto. Leroux pulsa
el botón que abre la puerta automática de la sala de autopsias.

—A ver, Muller, ¿qué pasa? —dice nada más entrar,
y se sienta en un taburete con ruedas.

Se le ve muy preocupado, pero Wren no tiene claro
qué bomba soltarle primero. Se gira hacia él con el por-
tapapeles del examen externo de Emma aún en la mano
y responde con otra pregunta.

—John, ¿tienes alguna pista sobre el lugar donde el

asesino perseguía a sus víctimas? —Se aclara la garganta y se agarra a la fría mesa de autopsias—. No tienes ni idea, ¿no? —dice cabeceando.

—A ver, como en todas las víctimas encontraste las típicas heridas que te haces corriendo por una zona de abundante vegetación, dimos prioridad a ese dato. Es obvio que le encanta la persecución o, mejor dicho, la caza. —Hace una pausa para respirar y continúa—. Lo que no se nos ocurre es dónde puede hacer algo así.

—En un entorno controlado —completa ella la idea, y Leroux sonríe.

—Eso es. Ni de broma me creo que este tipo no controle por entero el tumulto. Tiene que ser un sitio donde pueda hacer lo que le dé la gana sin temor a que sus víctimas escapen. El riesgo es ficticio.

—Tiene casa propia —tercia ella sin mirar a Leroux, que asiente con la cabeza.

—Desde luego. Debe de tener una parcela grandecita de terreno sin urbanizar, porque las heridas que estamos viendo no te las haces correteando por un jardincito.

Leroux se levanta del taburete, se mete las manos en los bolsillos y empieza a deambular, como hace a menudo cuando medita algo. Luego se detiene a estudiar los modelos anatómicos. Wren traga saliva ruidosamente.

—Heredó la casa de sus padres —dice por último, casi en un susurro.

—Ufff…, eso es mucho suponer, ¿no? —ríe él mirándola extrañado.

Wren se muerde una pielecita del labio y se toma un segundo para ordenar sus pensamientos con el fin de proporcionarle a Leroux una información coherente. Al rato, se gira hacia él.

—No me lo estoy sacando de la manga, John. Sé quién está haciendo esto.

Leroux pone cara de incredulidad socarrona.

—¿Qué? Muller, ¿a esto te referías cuando me llamaste?

—En parte. Conozco a ese hombre: es capaz, es inteligente e imagino que ahora mismo está instalado en la finca de sus padres muertos. —Mira de reojo a Leroux, que se quedó como si acabara de decirle que puede volar—. Es Cal.

—¿Cal? ¿Quién diablos es Cal? ¿Debería sonarme? ¿Cal qué? —balbucea.

—John, ¿te acuerdas de la chica que sobrevivió al carnicero del pantano hace siete años?

—Sí, Emily no sé cuántos. Recuerdo haber visto su expediente entre los archivos de mi padre. Pero ¿qué tiene que ver con esto?

Wren inspira entre dientes y lo mira a los ojos.

—Se apellidaba Maloney y soy yo. Yo soy Emily Maloney. —Es como si hubiera entrado un fantasma en la habitación.

Leroux se queda blanco y sin saber qué decir. Mira al suelo, sin duda intentando atar cabos mentalmente. La vuelve a mirar. Guarda silencio y le da espacio para que continúe cuando esté preparada.

—Muller es mi apellido de casada, ya lo sabes, y, bueno, siempre he admirado a los reyezuelos. Me pareció que Wren era un buen nombre tras el que ocultarme.

El inspector suelta un suspiro y casi sonríe de desconcierto.

—Te queda —dice por fin.

—Gracias, John —contesta ella, ablandándose y frunciendo los labios, de pronto ingrávida.

—Mi padre trabajó en ese caso —dice él mientras procura recomponerse.

—Así es. No lo he olvidado. Fue el único que me escuchó y me creyó de verdad —recuerda ella; luego se sienta en un taburete y cierra fuerte los ojos—. Los policías que me interrogaron pensaron que estaba drogada y confundida por el trauma. No pude decirles dónde había ocurrido. Desperté allí casi ciega y, cuando escapé, corrí kilómetros y kilómetros sin rumbo. Ni siquiera sabía si había estado en el mismo condado. No aportaba nada a su investigación y eso les fastidiaba.

Leroux parece estar dándole vueltas a lo que cuenta. Va a decir algo, pero no lo hace. Ella prosigue.

—Me dijeron que otros testigos habían declarado que el carnicero era rubio y que mi descripción no coincidía.

—Lo siento, Muller. No sé qué decirte.

—Debió de teñirse el pelo de castaño cuando me conoció. Se lo dije a la policía, pero ¡me ignoraron!

Se echa a llorar sin querer y se arroja a los brazos de su compañero, que la estrecha fuerte contra su cuerpo mientras se dejan caer los dos al suelo.

—Lo siento mucho, Muller. Lo siento mucho —repite él una y otra vez mientras se mecen juntos.

—No hace falta que lo sientas, John —responde ella frotándose los ojos—. Yo ya lo había superado. Había aprendido a vivir con ello. Pero volvió, Leroux. Sé que es él, el carnicero del pantano. Cal.

Lo mira a los ojos con una calma asombrosa; luego se levanta y cruza la estancia. Él se incorpora también mientras ella vuelve a su lado con la pulsera. Se la pone en la palma de la mano abierta y él le da dos vueltas.

—E —dice escudriñando el abalorio.

—E de Emily —le explica ella—. Esa pulsera es mía. Me la quitó la noche que me secuestró. La encontré con el resto de los efectos personales de Emma. La puso ahí para que yo la viera.

—¡Carajo!

Leroux parece a punto de desmayarse, pero se mantiene en pie. Sigue dándole vueltas a la pulsera y luego se pellizca el puente de la nariz.

—El caso es que Cal tenía una madre anciana de la que hablaba a veces cuando íbamos a clase juntos. Estaba enferma y postrada en cama. Recuerdo que me dijo que tenían una antigua vivienda en una finca grande. Le encantaba aquella casa. Apuesto lo que sea a que las está llevando allí, al mismo sitio adonde me llevó a mí. —Él asiente con la cabeza, moviendo los ojos de un lado a otro mientras digiere la información—. ¡Philip Trudeau! —espeta de pronto Wren volviéndose hacia su compañero, que arruga el gesto.

—¿Cómo?

—Philip Trudeau —continúa ella—, el nombre de la credencial de la biblioteca, el que encontramos en el libro que había cerca de los cadáveres.

—Sí, ya, el tipo de Massachusetts. Me acuerdo.

—Te dije que el nombre me resultaba familiar. Esa noche me estuve devanando los sesos. No paraba de darle vueltas, pero no conseguía ubicarlo.

—Aterriza ya, Muller.

Ella da un manotazo al aire, como para librarse de la exasperación, y continúa.

—Philip Trudeau era el mejor amigo de la infancia de Cal. Se mudó a Massachusetts cuando eran jóvenes. Me lo contó una vez después de clase. Lo recuerdo porque me pareció raro que aún le guardara rencor. Si vuelves a hablar con Philip Trudeau, seguro que te lo confirma. Ese libro, la pulsera... Eran avisos. Ha estado intentando llamar mi atención todo este tiempo.

—No olvides que dejó tu tarjeta de visita en la escena. Todo empieza a cuadrar.

—Llama a Philip Trudeau. Confirma que conoce a Cal —le pide Wren—. De hecho, John, prueba con el nombre de Jeremy. Las otras víctimas lo llamaban así.

Leroux asiente con la cabeza, procesando con calma

ese último dato después de la conversación que acaban de tener.

—¿Tú estás bien? —le pregunta él sin más—. No pasa nada si no lo estás.

Ella sonríe, pero solo con la boca.

—No, no estoy bien, pero lo estaré cuando termine todo esto.

Guardan silencio un momento. Es un silencio cómodo y agradable.

—Oye, ¿llegaste a averiguar de qué libro era el capítulo aquel, el que encontraste en la escena del pantano de Las Siete Hermanas? —le dice ella sin mirarlo, con los ojos clavados en Emma.

Leroux frunce los labios, de pronto consciente de la súbita relevancia de la pregunta.

—Sí —contesta, volviendo a mirarla.

—¿Y de dónde era?

—De *El juego más peligroso* —responde él directamente, sin apartar sus ojos de los de ella.

Wren sonríe y menea la cabeza.

—¡Qué cabrón!

Leroux no puede evitar reír un poco también. Carraspea.

—Lo vamos a arreglar, Wren —le dice con ternura, haciendo énfasis en su nombre de pila—. Voy a hablar con Trudeau y a ver qué puedo averiguar del paradero actual de Cal diagonal Jeremy. —Se acerca por la chamarra que dejó en la encimera—. Entretanto, si quieres encargar el caso a otra persona, hazlo. Esto podría convertirse en algo demasiado personal en cualquier momento.

—En circunstancias normales, te lo discutiría —contesta ella con un suspiro mientras le quita la hoja al bisturí y la tira de un capirotazo al contenedor rojo de los objetos punzantes—, pero creo que tienes razón. Tengo que pensar en Emma y ahora mismo ya no soy lo que más le conviene.

Leroux cruza la sala y le estruja el brazo. Wren se quita el guante de la mano derecha con un chasquido de plástico, agarra el teléfono fijo instalado en la pared y pide a otro técnico que termine la autopsia que ella empezó.

27

Es raro que Jeremy se sienta descontrolado. Él es paciente, disciplinado, previsor. Pero esa noche le faltan las tres cualidades. Esa noche solo siente rabia. Está sentado en el coche a la puerta del O'Grady's, contemplando obsesivamente la única salida que le queda. No logra olvidar su último y atroz error de cálculo. Está que trina, a punto de estallar, como una olla a presión. Tendría que haber funcionado. Debería haber sido espectacular, su gran victoria, pero esa chica le arrebató el triunfo y ya da igual que sucumbiera a la cicuta. Si pudiera retroceder en el tiempo, le cortaría la cabeza de un tajo y liberaría así la rabia que lleva dentro. Pero no puede. Así que vuelve a la persecución.

Es la una y media de la madrugada y están a punto de cerrar el bar, el momento ideal para llevarse a alguien a casa. Lo bastante tarde para que hasta los más cautos arrinconen sus inhibiciones, pero lo suficientemente pronto aún para atrapar a alguna persona que siga lúcida y coherente. No anda buscando un maniquí de prácticas, sino otro conejo que pueda correr.

Estudia con rapidez su reflejo en el retrovisor. Tiene los ojos inyectados en sangre, pero sabe que en un bar en penumbra no revelarán su estado de ánimo. Se recoloca un mechón de pelo suelto que le cae por la frente y entra en el local.

El bar está atestado de gente. Apesta a perfume barato y a colonia más barata todavía. Las luces de ambiente tiñen de rojo el establecimiento de una sola sala y hacen que se asemeje a lo más profundo del averno. Los parroquianos trasnochadores se dividen en dos grupos: los lobos solitarios, sentados en los extremos de la barra, encorvados en actitud defensiva y que, inexplicablemente, pretenden que se les deje en paz en un espacio tan concurrido (esos no le interesan); y los que aún esperan (y hasta desesperan por) que alguien se fije en ellos. La mayoría no necesita cumplidos, ni siquiera una pizca de decencia, solo la promesa de un placer que les devuelva la autoestima. Con eso se puede apañar.

Pasa de los que se encuentran de pie en la periferia y va derecho a la barra. Se instala en un taburete y explora deprisa la sala. Posa los ojos en una mujer sentada a su derecha, a unos tres taburetes de distancia. Tendrá entre veinticinco y treinta, pero parece mayor, como si hubiera vivido con intensidad su corta existencia. Se alisó en exceso la melena castaña, que le cae lacia por los hombros. A Jeremy le llamó la atención cuando se colocó el vestido azul palabra de honor, porque lo hizo con escasa elegancia, metiéndose la mano entera por el escote. La encuentra repugnante. Desprende desesperación igual que humo un cigarro, mezclada con el pretencioso delirio de grandeza que lleva puesto por todo el cuerpo como un perfume de mercadillo. Y esa noche Jeremy va a hacer realidad sus sueños.

Levanta un dedo para llamar a la mesera, que se le acerca despacio.

—¿Qué te traigo? —pregunta limpiándose las manos en los pantalones.

—¿Qué bebe ella?

La mesera mira hacia donde señala Jeremy y frunce los ojos, riendo.

—Uy, se me hace que esa es de cosmos. —Lo vuelve a mirar con una sonrisa pícara y, apoyándose en un codo, se inclina sobre la barra—. ¿Quieres que le cuele un whisky, a ver cómo le sienta?

Él esboza una sonrisa. Las meseras calan a las farsantes tan rápido como él y, por ese motivo, les tiene aprecio. Jeremy asiente con la cabeza.

—Ponle otro cosmo, por favor, y dile que es de mi parte —le pide, pasándole por la barra el dinero, que ella atrapa con la mano.

—Enseguida.

La ve preparar la bebida rosada y verterla en un vaso limpio para deslizarla después por la barra hasta la conejita misteriosa de Jeremy sin derramar ni una gota. Lo deja impresionado. La coneja parece alarmada, pero no tarda en mostrarse satisfecha. De pronto, audaz, se aparta complacida el pelo del rostro demacrado. En cuanto la mesera señala a Jeremy, la joven levanta la vista y lo mira coqueta. Lo saluda con la mano y le pide que se acerque.

«Ya la tengo».

—Espero que no te haya parecido pretencioso de mi parte —le dice él, y se sienta a su lado con su sonrisa de conquistador.

Ella inspira hondo.

—Estaba deseando que vinieras a hablar conmigo —contesta inclinándose hacia adelante.

Aunque se crea discreta, Jeremy ve a la perfección que pega los brazos al cuerpo para ahuecarse el escote. La proximidad lo incomoda: la joven huele a tabaco y a café, y la forma en que el olor le brota de la boca, como a oleadas, le resulta vomitiva, pero aguanta el tipo y se centra en lo que está por venir.

—Pues tuviste suerte. ¿Cómo te llamas, guapa?

Casi se atraganta al hacerle la pregunta, pero mantiene firme la voz. Ella se muerde el labio.

—Tara —contesta sensual.

Alarga la a con la clara intención de seducirlo y a él casi le da una contractura intentando no poner los ojos en blanco. Ella sonríe y, como era de esperar, no le pregunta el nombre.

—Hola, Tara. Yo soy Jeremy.

—No tienes cara de Jeremy —ronronea apoyando la barbilla en la palma de la mano y parpadeando rápido. Él fuerza una sonrisa y bebe un sorbo de su copa.

—Bueno, tampoco me comporto como tal, creo yo —responde él sin saber bien lo que quiso decir, pero complacido de que el comentario haga soltar una risita histérica a su nueva amiga.

«¡Qué fácil está siendo esto!». Es justo lo que busca esa noche. Nada de complicaciones ni proyectos complejísimos. Necesita alivio y punto. Ahora mismo le interesa volver a lo básico. Le basta con conseguir meterla en el coche y, a partir de ahí, tendrá libertad para ceder a sus anhelos. Se detiene a verla beberse a sorbitos el cosmopolitan. Ella lo deja en la barra y se limpia con disimulo la nariz con el canto de un dedo; luego se aparta la melena castaña con la misma mano, echando la cabeza un poco hacia atrás. En ese momento, Jeremy vislumbra la costrita de sangre del interior de la nariz.

«¡Bingo!».

—Oye, Tara, llevo un rato mirándote —espeta él con una sonrisa pícara, y ve que se le ilumina el rostro—. O sea, es obvio que solo verte me excita. —A ella le encanta lo que oye, está claro, y se inclina hacia adelante para que él pueda asomarse mejor a su escote—. Pero también veo que eres de esas mujeres que saben lo que quieren. No pareces de las que se dejan seducir con una sarta de tonterías.

Ella lo mira de arriba abajo y, cuando termina, se muerde el labio otra vez y contesta:

—¡Ya te digo!

Eso lo echa un poco para atrás, pero hace de tripas

corazón y se acerca un poco. Como sospechaba, bajo ese exterior de mujer madura se esconde una adolescente salida, así que le suelta la frasecita.

—Tengo algo de coca en casa. ¿Vienes?

Ve cómo se le iluminan los ojos. Se humedece los labios de una forma que seguramente cree seductora.

—Bueno —accede, asintiendo con la cabeza y acercándosele demasiado.

Jeremy le deja una propina a la mesera, se levanta y alarga el brazo para tomarla de la mano mientras van hacia la puerta. Fuera, la fresca brisa nocturna reemplaza al aire caliente y cargado de humo del local. Jeremy le abre la puerta del copiloto a su invitada y ella se instala con naturalidad en el asiento. Camino de su sitio al volante, se mentaliza y empieza a rumiar sus opciones. Debería llevársela a su casa, pero no quiere demorar mucho su alivio. Antes de subirse al coche, saluda con la cabeza a un tipo que se está fumando un cigarro a la puerta del bar. Parece frustrado, como si acabara de discutir con alguien, y mira perplejo a Jeremy, le muestra el dedo de en medio, estampa el cigarro en el suelo y vuelve adentro. Algunas personas tienen una forma extraña de justificar el desprecio que le inspiran justo cuando más lo necesita.

Hacen un tramo del camino en un silencio agradable. De cuando en cuando, la mujer perturba su quietud meditativa con comentarios absurdos. Mientras recorren las carreteras oscuras y punteadas de árboles del distrito de Orleans, Jeremy decide adónde la va a llevar a continuación. Toma una pista de tierra y la distrae con un poco de charla intrascendente.

—¿A qué te dedicas? —le pregunta, dispuesto a fingir interés por cualquier cargo sin importancia que esté a punto de soltarle.

—Soy abogada —contesta ella mirando por la ventanilla de su asiento.

La respuesta es lo primero que sorprende a Jeremy esa noche. Reprime una carcajada de incredulidad.

—¿En serio? —le dice, procurando disimular su asombro—. ¿Abogada?

Ella sonríe satisfecha y lo mira con los ojos vidriosos.

—Pareces sorprendido.

—Lo estoy —reconoce él.

Jeremy menea la cabeza. Desde luego no tiene aspecto de abogada, claro que a saber qué aspecto tendrá una abogada en un antro de ligue a última hora de la noche. Esa mujer no ha hecho más que acudir al bar de siempre antes de perforarse un poco más el cerebro con otra raya. La joven ríe sin ganas y menea la cabeza también.

—Bueno, tengo el título, pero acabo de perder el primer trabajo que había conseguido nada más salir de la facultad —admite sin abundar más en el tema y mirándose las manos, avergonzada. Jeremy nota que le apetece hablar de ello. Busca un hombro sobre el que llorar, pero no va a ser él. No, en él no va a encontrar empatía ni sabios consejos. Él se infiltró en su mundo deshecho por deporte y esa noche solo le interesan sus propios juegos. Ella lo escudriña, pero, en cuanto ve que no va a indagar más, vuelve a mirar por la ventanilla—. ¿Dónde vives exactamente? —pregunta, revolviéndose intranquila en el asiento y lamentando no haber meditado su decisión—. ¿Debería inquietarme que de pronto te adentres en el bosque? —inquiere con un carraspeo nervioso que enseguida convierte en risa forzada.

Jeremy sonríe sin apartar la vista de la carretera.

—No hay por qué inquietarse, doña licenciada. Vivo en un sitio un poco apartado.

Tara esboza una sonrisa, pero sigue preocupada.

—¿Por esta zona?

—Por esta zona concreta no, pero sí bastante cerca —responde él con los ojos siempre al frente.

La carretera está oscura, mal iluminada y llena de baches. Aparece un pantano a la izquierda y, a la derecha, un nutrido bosque de amenazadores cipreses.

—Entonces ¿a qué venimos aquí si no es donde vives? —pregunta ella con fingida valentía, agarrada al cinturón de seguridad como si fuera un arma.

Jeremy se detiene en un pequeño descampado cerca del pantano y apaga el motor. La mira por fin y sonríe.

—Hace una noche estupenda. Pensé que podríamos dar un paseo —dice para tranquilizarla mientras baja del vehículo.

—Está oscurísimo —protesta ella, pero lo sigue como un corderito camino del matadero.

Aún sonriente, Jeremy se acerca y nota que ella se agarrota cuando, de unas zancadas, invade su espacio. Él se inclina hacia adelante y ella inspira entrecortadamente; luego él mete la mano por la ventanilla abierta para tomar una linterna. La agita delante de la cara de su presa y la enciende. El sonido inorgánico reverbera en el silencio.

—Ya no —contesta con un guiño, tomándola de la mano.

En el fondo, Tara se sabe en peligro. Su cuerpo se tensa y sus pupilas se dilatan. Se adentran juntos, despacio, en la profunda oscuridad del bosque. No hay más luz que la de la luna, casi llena. Es una luz de un blanco intenso que produce un leve resplandor en toda la zona. Ella le agarra fuerte la mano. Se aferra a ella como una cría se aferraría a la de su padre o su madre. La estruja como para convencerse de que le da seguridad. Caminan en silencio unos minutos, examinando los dos el terreno que los rodea, aunque por razones muy distintas.

—La verdad es que esto es muy bonito. Me sigue dando repelús, pero es bonito.

La sobresalta el chasquido de una rama a lo lejos y el miedo la lleva a arrimarse instintivamente a él. La paradoja hace sonreír a Jeremy, no puede evitarlo: en ese pantano, él es con mucho su mayor amenaza.

—Sí, pero todo lo que vale la pena en esta vida es una amalgama de horror y belleza. Encajar en una sola categoría es aburridísimo.

—Seguro que das por sentado que no sé lo que significa «amalgama», ¿verdad? —dice ella y, deteniéndose, lo mira con una sonrisita que la hace parecer más atractiva que en ese bar mal iluminado. Jeremy le devuelve la sonrisa y espera a que reanude la marcha. Ella menea la cabeza mientras se dirigen a un banco de madera junto al agua. Es un banco tosco y claramente artesanal, pero a la vez tentador y que da al asqueroso pantano un aspecto sereno. Se sientan el uno al lado del otro y contemplan el reflejo de la luna en la superficie del agua turbia—. Aprobé el examen del colegio de abogados, ¿sabes? Lo creas o no, que lleve escote no significa que sea boba.

Tara sonríe de buenas. Jeremy no reacciona de inmediato; se entretiene un momento fingiendo que se rasca la pierna, y palpando de paso la funda del cuchillo de monte, bien sujeta al tobillo.

—Tocado y hundido —dice e, irguiéndose, la mira a los ojos—. Tú eres un buen ejemplo del peligro de juzgar a la gente por su apariencia.

—Es un piropo muy raro, pero lo acepto —contesta ella riendo y empujándole en broma el hombro con el suyo.

—¡Qué generosa!

—¿Cómo me voy a enfadar de verdad con esa carita que tienes? —reconoce Tara.

La joven le acaricia la mejilla izquierda y le gira un poco la cara para que la mire. Luego cierra los ojos y empieza a acercarse despacio, como para besarlo. Él vacila un segundo y después salva la distancia que los separa, casi rozándole los labios con los suyos. Cuando por fin nota el aliento de ella en el suyo, dice en voz baja:

—Más te vale salir corriendo.

Las palabras le salen de la boca como culebras. A ella se le entrecorta la respiración y sonríe nerviosa. Sin apartar su cara de la de Jeremy, se retira un poco para mirarlo a los ojos.

—¿Qué?

—Lo que escuchaste.

La sonrisa de Tara se esfuma de inmediato. Recula y resopla incrédula.

—No tiene gracia.

—No lo pretendo.

Jeremy casi nota cómo se le enturbia la vista cuando se agacha para sacarse el cuchillo de la funda que lleva atada al tobillo. Lo sostiene delante de su cara y lo inspecciona, admirado del reflejo de la luna en la hoja. Ella se queda como una piedra, clavada en el sitio, contemplando alternativamente a Jeremy y el arma. Él detecta un atisbo de arrepentimiento en el rostro de la joven; lo ve pasar por su semblante como el tráiler de una película.

—Sal corriendo… ¡YA! —dice él, gritándole la última palabra y sin voltear a mirarla.

Con el rabillo del ojo la ve salir disparada hacia la oscuridad, lloriqueando sin quererlo. No tiene adónde ir. La llevó hasta un sendero cortado, bordeado de pantanos y cercado por una valla de espino. El empeño del servicio de mantenimiento de parques y jardines en tener a raya a los caimanes la dejó atrapada con el verdadero depredador. No le queda otra que enfrentarse a él o huir a nado.

Jeremy conoce bien la zona. De niño, su padre lo llevaba allí a menudo a cazar jabalíes. En esas noches que pasaban juntos, esperando a que los animales aparecieran por aquel paraje escondido, aprendió a tener paciencia. Conseguían, no sabía cómo, llevar a cabo sus escapadas ilegales sin que la policía local se apercibiera. Le gusta recordar cómo vigilaban el pantano mientras caía la noche.

Cazar de noche te enseña a no tener miedo, a controlar tus instintos y a familiarizarte con los sonidos extraños que brotan de los escondrijos cuando se pone el sol. Las criaturas de la noche saben que el silencio es un mito. Por la noche siempre hay más ruido. Jeremy es capaz de distinguir todos y cada uno de los centenares de sonidos diferentes que componen ese parloteo nocturno. Un cazador de verdad sabe oír solo a la presa elegida y aislarse de todo lo demás. Esa noche sus oídos impacientes le dicen que va por buen camino. Claro que ahora ya no le interesa cazar jabalíes. Ahora pone en práctica de forma muy distinta las innumerables habilidades que su padre lo ayudó a desarrollar allí. Desde entonces, ha encontrado presas mucho más interesantes.

A pesar del bullicio, oye el chasquido de una rama a

su derecha. Sabe que ella dejó de correr; de lo contrario, la oiría. Jeremy camina despacio, dejando que la tierra absorba cada paso antes de dar el siguiente. Sonríe mientras lo hace.

—¡Tranquila, Tara! ¿Sabías que la carne sabe peor cuando el animal sufre un miedo extremo antes de la matanza? Por no sé qué de la descomposición del ácido láctico. —La oye contener un sollozo. Respira lo bastante fuerte como para que se distinga su respiración por encima de todo lo demás—. Ay, Tara…, ¡que no te voy a comer! —bromea él mientras pasa por encima de una rama caída—. Aunque es interesante, ¿no te parece? ¿Tú crees que alguna vez habremos comido una carne de la máxima calidad? A fin de cuentas, ¿cómo va a estar tranquilo ningún animal justo antes de morir? ¿Te gustan las curiosidades que te estoy contando, Tara? —grita a la oscuridad en el momento de pronunciar su nombre.

La joven sale corriendo otra vez. La oye escapar entre la maleza. Oye sus pasos torpes y su respiración agitada alejándose de él. Su pánico es palpable aun en la turbia oscuridad que los rodea. Echa a correr él también. Deja que las ramas le peguen en la cara mientras se abre paso por ese terreno que conoce tan bien, disfrutando del subidón de adrenalina de una persecución a la antigua usanza.

Por cómo corre delante de él, Tara bien podría estar ciega. La oye detenerse y retomar la huida varias veces en su intento de avanzar por la oscuridad absoluta que la envuelve. Un número interminable de ruiditos la delata hasta que, de pronto, cesa la conmoción. Jeremy se detiene. Se planta en medio de los árboles y aguza el oído. Tara se escondió, supone. Aún no sabe que él conoce bien el bosque, que sabe dónde se refugiaría una cerdita asustada. Inspira el aire frío de la noche y, echando la cabeza hacia atrás, mira al cielo, inmenso y despejado, enmarcado por las ramas de los cipreses que se alzan como queriendo acariciarlo.

Se saca del bolsillo los lentes de visión nocturna y espera a que los ojos se le acostumbren. También aprendió de su padre a usar el equipo de visión nocturna para acosar a los depredadores alfa que salían a divertirse por la noche, cuando la última pizca de sol se perdía tras el horizonte. Ahora su mundo es verde y nítido. Ante él se alza una pared de árboles, salpicada de pequeñas zonas pantanosas y formaciones rocosas naturales.

—¡Tara! —la llama a gritos, haciendo pedazos el silencio—. Lo veo todo, Tara. Si vuelves a salir corriendo, te pego un tiro.

Miente. No tiene armas de fuego en ese pantano. Lo dice para asustarla aún más. Pretende acelerar la reacción derivada del miedo, obligando a sus amígdalas a hacerse eco de la proximidad del peligro. Solo tiene que esperar unos segundos a que el hipotálamo fuerce al sistema nervioso simpático a desvelar su escondite. El corazón ya le late más deprisa, los pulmones se expanden para inspirar todo el oxígeno posible, incrementando así su lucidez, pero generando mucho más ruido con la respiración agitada. Jeremy se centra ahora en esa respiración. Empieza a seguirla. Se imagina a Tara agazapada en el bosque cenagoso, procurando ignorar a las criaturitas que le suben por las piernas desnudas sin su permiso. Tiene que ser una tortura para una chica como ella. La sacó por completo de su elemento y la sumergió en su propio elemento.

Estudia los alrededores a través de los lentes. Todo lo que ve tiene un asqueroso tono verdoso, pero para Tara está tan oscuro como en el interior del capuchón de un verdugo. Jeremy avanza, atraído por la respiración de ella, cada vez más agitada y entrecortada. Tara lo oye acercarse, pero, por más que intenta enfocar, no lo ve. La joven nota que el miedo se apodera de su cuerpo como si hubiera reemplazado a la sangre que le corre por las venas.

Jeremy la oye dar tumbos entre las ramas y la maleza, y se detiene un momento a escuchar. El pantano hace todo lo posible por ayudarlo, pero hará aún más por atraparla. Tara corre hacia la pista de tierra por la que llegaron, salpicando agua al clavar los pies en la tierra del fondo. No ve que cada vez la tiene más acorralada.

Él la persigue, abandonando de pronto su escondite detrás del árbol para salir al descampado de la pista de tierra. Tara lo oye y se gira para poder procesar lo poco que la luz de la luna le permite ver. El terror ilumina su rostro. Jeremy sonríe satisfecho y la aborda cuchillo en mano. Ella, de repente vulnerable, chilla y echa a correr con torpeza, como si lo hiciera por arena. Jeremy aprovecha para agarrar del suelo dos piedras del tamaño de una pelota de tenis.

—¡Agáchate! —le grita, sobresaltándola lo bastante como para que se detenga y se tape la cabeza instintivamente.

Jeremy lanza una de las piedras con todas sus fuerzas. Le acierta en la parte posterior de la pierna y la hace caer de rodillas, en una postura poco natural. Ella gime de dolor y de sorpresa, y, desesperada, alarga la mano hacia el origen de la pedrada. Él le tira la segunda, que le rebota en el cráneo con un chasquido muy desagradable. Tara se desploma, agarrándose la cabeza.

—¡Paraaa! —chilla—. ¡Por favooor!

Pero Jeremy no le hace caso. Se acerca despacio al cuerpo malherido de la joven, tirada en medio del camino. Cuando se acuclilla a su lado, ella empieza a dar manotazos al aire. Él la agarra por la muñeca y le arrima la mano a la hoja del cuchillo. Nota en sus propios dedos cómo se le acelera el pulso a la joven y luego le pasa la hoja afilada por la palma de la mano. Ella grita e intenta zafarse por todos los medios. Los alaridos van convirtiéndose en sollozos y él sonríe. Recupera el control.

—¿Quién anda ahí? —pregunta un hombre en medio de la noche, sobresaltando a Jeremy, que divisa unas linternas al fondo de la pista de tierra.

—¿Te hiciste daño? —grita otro.

Ve a dos tipos enfilar el camino y le tapa la boca a Tara antes de que pueda pedir socorro, pero empieza a entrarle el pánico. La oyeron gritar. Esa noche no tomó la precaución de explorar la zona con antelación. Se dejó llevar por un impulso y no pensó en los cazadores que merodean por los mismos lugares escondidos que frecuentaban su padre y él.

—No vinimos a hacerte nada, solo queremos ayudarte —continúa cariñoso el primero, alumbrando con la linterna el lugar donde se encuentran.

Tara abre muchísimo los ojos, como pidiendo socorro en silencio, pero ellos no la ven. Aún no.

Algo frustrado, Jeremy sopesa sus opciones. Al final, no le queda otra. Sin dejar de taparle la boca a Tara con la mano, le levanta la barbilla para que lo mire. Cuando sus ojos se encuentran, dedica un último segundo a saborear el momento, mientras los supuestos rescatadores se acercan corriendo, y luego le pasa el cuchillo rápidamente por la garganta y se la rebana de un extremo a otro. Tan pronto como la hoja abandona la carne de su víctima, Jeremy la deja caer al suelo y sale disparado. Ella espurrea y gorgotea a su espalda y los cazadores acuden enseguida al foco del sonido. Mientras llegan a su lado, su maltrecha laringe produce resoplidos dispersos, profundos. La herida le abarca el cuello entero y es honda. Los hombres se dan órdenes vehementes el uno al otro; uno pide una ambulancia y el otro intenta desesperado detener la hemorragia. No va a servir de mucho. Jeremy está convencido de haberle seccionado la carótida. Habrá muerto en cuestión de minutos, tras bombear por la herida toda su fuerza vital, regando el suelo con ella.

Jeremy corre, sin detenerse a contemplar el caos que deja, alejándose más y más con cada zancada. Sube al coche, apaga las luces y arranca en medio de una nube de polvo y gravilla. Sale a la carretera principal con la ayuda de los lentes de visión nocturna. No lo sigue ningún otro vehículo. Esos tipos están demasiado ocupados intentando salvar a una mujer a la que le quedan segundos de vida.

Se limita a conducir y, cuando consigue alejarse lo suficiente, vuelve a encender las luces y se quita los lentes. Abre la guantera, en la que guarda el celular, y pulsa el botón de reproducción de una lista de canciones al azar. Suena fuerte «Pretty When You Cry», de VAST, y él inspira hondo y se relaja. No ha tenido un buen día. En el fondo, sabe que debería haberse quedado en casa y hecho frente a las consecuencias de su último error de cálculo en vez de acumular desastres.

Está convencido de que Tara va a morir, pero es la incertidumbre lo que lo inquieta. Se lanzó al agua sin saber cuánto cubría. Fue una estupidez y una imprudencia. Se dejó llevar por el instinto animal e ignoró los dictados de su valioso cerebro. De pronto, da un volantazo hacia el costado de una carretera oscura y se estaciona, levantando polvo alrededor de los faros. Aporrea el volante, golpea la superficie de vinilo como si contuviera un tesoro escondido. Cuando le duele la mano y le cuesta respirar, se recuesta en el asiento y grita. Todo su estrés y su frustración, toda su insatisfacción y su ansia estallan en un grito salvaje, allí, en los márgenes de una carretera secundaria en penumbra, en las honduras del pantano de Luisiana. Le caen las lágrimas por la cara y deja que le refresquen las mejillas, que arden y están cubiertas de tierra.

Con la respiración agitada, vuelve a arrancar el coche y enfila a toda velocidad el camino de regreso a casa. Sube a tope la música con la esperanza de que ahogue sus pensamientos. El bombardeo sonoro no hace más que alimentar una rabia que ya no es capaz de controlar. Mientras recorre como una bala la carretera, sabe que sus días en ese lugar están contados.

28

Suena el celular de Leroux en el bolsillo de su chamarra y se entretiene un momento contestando.

—Leroux… —dice mientras toca la pantalla para poner la llamada en manos libres.

—Soy Will. ¿Me oyes bien?

—Sí, ¿qué pasa?

—Tenemos otra víctima —suelta la bomba Will.

Leroux pone cara de angustia y el corazón de Wren se hunde junto al suyo.

—¡Dios mío! —susurra la forense.

—¿Dónde?

—La encontraron en una zona de caza de Bayou Tortue Road. Pero, Leroux, está viva y consciente.

El inspector se queda pasmado.

—¿Puede hablar? —pregunta incrédulo.

—La verdad es que no. Está viva, pero no puede hablar.

—¿Qué demonios quieres decir?

—Nos vemos en el Hospital Universitario y te doy todos los detalles —propone y cuelga.

—Voy contigo —manifiesta Wren, volviéndose hacia el lavamanos. Leroux está a punto de oponerse, pero no lo hace. Se la queda mirando—. Ahórrame tu preocupación. La agradezco, pero necesito oír en persona lo que tenga que decir esa mujer. Formo parte de este caso. —Se seca las manos y lo mira a los ojos. Deja que se prolongue un segundo más el silencio entre los dos y después, señalando la imponente puerta metálica, dice—: Vamos.

Cuando llegan al hospital, se encuentran a Will en la puerta, hablando con un médico. Leroux se acerca a grandes zancadas y los aborda sin más presentaciones.

—Bueno, cuéntame —espeta, interrumpiendo la conversación.

—Doctor Gibbons, estos son el inspector John Leroux y la doctora Wren Muller.

El médico le tiende la mano a Wren primero. Ella se la estrecha y sonríe todo lo que puede.

—Ya nos conocemos. Me alegra volver a verlo, doctor Gibbons.

—Siempre es un placer, doctora Muller. Y encantado de conocerlo, inspector.

—Sí, lo mismo digo. Bueno, ¿qué pasa? —suelta Leroux mientras aún le estrecha la mano al doctor.

El médico cabecea y, poniéndole suavemente una mano en el brazo, empieza:

—Ahora que ya estamos todos, podríamos hablarlo dentro.

Señala el edificio que tiene a su espalda y entran los cuatro juntos. Los conduce a una salita con unas sillas y una mesa grande. Está pensada como espacio más íntimo, apartado de las salas de espera generales, donde las familias puedan aguardar a que les faciliten información sobre los suyos. Will y Wren se sientan enfrente del doctor Gibbons, pero Leroux se queda de pie, frotándose las manos.

—Vamos, cuenta —le ordena a su compañero en cuanto se cierra la puerta.

Will abre una libreta y, recostado en el asiento, lee de ella como si fuera la lista de la compra.

—Tara Kelley. Mujer blanca, veintinueve años. Encontrada por dos cazadores nocturnos en Elmwood Park, cerca de Bayou Tortue Road. Los tipos dicen que oyeron gritos y jaleo. Cuando se acercaron corriendo a ella, la vieron agarrarse la garganta, en la que le habían dado un tajo profundo hacía unos segundos.

Leroux lo interrumpe, inclinándose sobre la mesa.

—¿Fue él? —pregunta furioso.

—Es posible. Aunque parece increíble que se haya vuelto tan descuidado de repente. En realidad, no encaja con su *modus operandi*, pero supongo que les pasa a todos estos cabrones con el tiempo.

El doctor Gibbons guarda silencio mientras el inspector y su segundo continúan con el bombardeo de

231

preguntas y respuestas. Aprieta fuerte los labios a la espera de su intervención.

Leroux niega con la cabeza y da una palmada en la mesa.

—¡Maldita sea! Pero se pondrá bien, ¿no? —pregunta mirando primero a Will y luego al médico.

Wren ya conoce la respuesta, pero no dice nada; su intención es ser profesional y mantenerse al margen. El doctor Gibbons carraspea y dice por último:

—La respuesta corta es sí, está estable. La herida es considerable, va de un lado a otro del cuello. Su atacante pretendía, muy posiblemente, seccionarle la carótida, pero, quizá con las prisas, solo consiguió hacerle una muesca. Aun así, la pérdida de sangre ha sido importante, pero gracias a los hombres que la encontraron se detuvo la hemorragia hasta un punto con el que nos ha sido posible trabajar. Salió de cirugía hace una hora.

Los ojos del doctor Gibbons reflejan el agotamiento de Leroux.

—¿Cuándo puedo hablar con ella? —pregunta impaciente el inspector.

—Bueno, ahora mismo no puede vocalizar. Su atacante sí logró seccionarle uno de los nervios laríngeos y dañarle las cuerdas vocales. No podrá hablar hasta que se reponga de la cirugía. —El médico se interrumpe un instante para sacar un papel de la carpeta que tiene delante y pasárselo por la mesa a Will y Leroux—. Los sanitarios que la trajeron dicen que estaba empeñada en decirles algo y le dieron este papel para que lo escribiera.

La hoja, arrancada de una libreta, está manchada de sangre seca. Con tinta azul, se puede intuir que pone «JE-REMY». Wren nota que se le acelera y entrecorta la respiración. La conmoción le irradia por todo el organismo como una corriente eléctrica. Aunque ya sabía adónde conducía este camino, le costaba creer que ese hombre hubiera andado merodeando por Luisiana todo ese tiempo. Hasta que se lo dejó por escrito una mujer ensangrentada.

—¿Debería sonarme de algo ese Jeremy? —pregunta Will, que no acaba de entender.

El doctor Gibbons carraspea.

—Los policías que acudieron a la escena recogieron unas cosas de las inmediaciones del cuerpo, entre ellas había un ticket del bar en el que ella estuvo esa noche. Antes de que se marchen, le pido a alguien que se lo traiga. Buena suerte, caballeros. Doctora Muller... —dice, despidiéndose con la cabeza y dirigiéndose después a la puerta.

—Gracias, doctor Gibbons —contesta Leroux casi gritando.

—Leroux, ¿quién es Jeremy? ¿Qué pasa aquí? —prueba suerte de nuevo Will.

—Luego te lo cuento —le contesta el otro en voz baja, mirando de reojo a Wren.

Will está a punto de protestar cuando alguien llama

suavemente a la puerta. El inspector cruza la estancia para abrir y se encuentra fuera a un celador joven que viene con una bolsa del hospital.

—¿Inspector Leroux? —pregunta.

Leroux le enseña la placa y le arrebata la bolsa. Busca enseguida el ticket del bar y lo encuentra en otra bolsita. Es de O'Grady's, de la una y veintidós de la madrugada. El número de la tarjeta de crédito va asociado a Tara Kelley y en el ticket se ve que esa noche consumió por lo menos dos cosmopolitans y unas papas fritas. El inspector se mira el reloj.

Will señala el ticket y Leroux se lo pasa mientras marca el número del bar. Le salta el contestador automático con un mensaje que dice que no habrá nadie allí hasta mediodía.

—Soy el inspector Leroux, de la Policía de Nueva Orleans. Por favor, llámeme en cuanto oiga este mensaje. Gracias.

—¿No hay nadie? —pregunta Will.

—Estoy esperando a que Cormier me mande los datos del propietario, pero podemos ir a hablar con él directamente. Quiero saber si alguien más vio anoche a Tara con nuestro hombre.

Will resopla.

—¿Vienes, Muller?

Wren mira a Leroux, como preguntándole sin preguntarle.

—Si te ves con ánimo… —accede el inspector. Le

suena el celular y echa un vistazo a la dirección y el número de teléfono que acaban de mandarle—. Vamos a hacerle una visita a Ray Singer.

Abandonan todos la sala por la misma puerta por la que entraron. Brilla el sol con fuerza y a la entrada están estacionadas un par de camionetas de la tele. La última víctima es un notición y, por lo visto, no tardó en saberse. Wren examina el panorama antes de subirse al asiento del copiloto del coche de Leroux. Jeremy sigue ahí fuera, haciéndoles a otras chicas lo mismo que le hizo a ella hace años. Pero esta vez le va a parar los pies para siempre.

29

Jeremy despierta de un sueño intermitente. Es domingo, el día que la humanidad suele reservarse para descansar, pero él no lo consigue. Aún le pesa lo de anoche. Se siente inseguro. Es una sensación a la que hacía tiempo que no se enfrentaba, pero que lo persigue últimamente. Enciende la tele, suponiendo que a esas alturas ya no hablarán de otra cosa que de Tara. Debería estar exultante, pero el desastre de su última actuación le impide sentirse orgulloso. En cuanto empiezan las noticias, se le para el corazón.

«La víctima de veintinueve años, Tara Kelley, fue llevada de inmediato al Hospital Universitario, donde se encuentra en estado crítico —lee la presentadora con desenvoltura, como si no fuera el mayor golpe que ha sufrido Jeremy en su vida—. ¿Tenemos entre manos a un posible asesino en serie?», pregunta, casi salivando ante la posibilidad de informar de otra muerte.

Es asqueroso, de verdad, lo que les excita a esos periodistas hablar de asesinatos. La curiosidad es humana, sí, explorar, indagar en la parte más oscura de la psique. ¿Quién es él para juzgar a nadie? Pero le revuelve las tripas que esas noticias se lean entre sonrisas contenidas. La presentadora asegura que la víctima pudo facilitar a la policía información pertinente. Jeremy se queda helado, esperando más, pero no hay más, solo que irán informando a medida que dispongan de novedades.

Traga saliva. Otra cagada.

Emma estaba muerta. La cicuta ocultó tras su muro impenetrable los secretos de Jeremy. Pero lo de Tara es distinto. La eligió sin pensarlo y fue una temeridad. Con la prisa de sentir algo, no la llevó a la seguridad de su propio domicilio ni se molestó en inspeccionar la zona de antemano. Dio por sentado que Elmwood Park estaba abandonado porque así era cuando él iba a cazar allí de niño con su padre.

—¿Cómo sobrevivió? —se pregunta en voz alta.

Sabe que le pasó la hoja del cuchillo por el sitio correcto. Eso es algo con lo que jamás la cagaría. Vuelve a sentir la angustia del fracaso, la de no haberlo conseguido por poco. No haber logrado seccionar una arteria grande no es más que otro recordatorio del grave error que condujo a la huida de Emily hace años. Ambas tendrían que haberse podrido al sol sin que nadie las encontrase hasta que fuera demasiado tarde.

—¡Carajo! —grita, tirando con fuerza la cuchara a la pila.

Recostado en la encimera, echa un vistazo a su casa. No se le ocurre cómo salir de esta y la sensación le es desconocida. Podría largarse, mudarse a otro sitio donde sus movimientos no se magnifiquen tanto. Es la única opción que le queda en realidad, pero primero quiere poner de rodillas a Luisiana.

Baja a grandes zancadas la maltrecha escalera, paseando las yemas de los dedos por la piedra desnuda de las paredes. El antiquísimo sótano se modernizó con un suelo de cemento para hacerlo más funcional, pero sigue quedando el esqueleto de una antigua bodega de tierra. Su padre nunca se molestó en darle una utilidad. La tenían de almacén, pero él lo hacía todo fuera. Cuando murió su madre, Jeremy la convirtió en su taller. Era un espacio decente, descuidado demasiado tiempo.

Sabe que puede que esa sea la última vez que acaricie esas paredes, la última vez que oiga crujir la escalera con su peso. Se toma su tiempo. Colecciona *suvenires* con cada parpadeo. No llegó a cambiar el foco del rincón, que lleva meses parpadeando. Al principio se le olvidaba, sin duda distraído por los placeres que lo aguardaban abajo, pero luego se encariñó con el resplandor fantasmal de aquella luz moribunda. Le daba un aire más espeluznante al sótano, como de laboratorio de científico loco o de taller de Cara de Cuero de *La matanza de Texas*. Pero ya no va a necesitar ese ambiente siniestro. Al llegar abajo, agarra una bombilla nueva de la caja que hay en la estantería de la derecha. Alarga la mano y desenrosca sin problema la del rincón del fondo y la cambia por la otra.

«Arreglado».

La luz constante lo cambia todo. Sin el efecto estroboscópico, el ambiente se suaviza. Estudia su entorno y lamenta no disponer de más tiempo. La policía no tardará en ir a poner patas arriba la casa. Pronto todo aquello quedará reducido a bolsas de pruebas y precinto policial. Lo peor de todo es saber que fue precisamente una mujer renuente la que hizo derrumbarse su castillo de naipes.

Si así es como van a ser las cosas, él las va a controlar todo lo que pueda. Introduciendo los números correspondientes en el teclado, desbloquea el congelador industrial impoluto que tiene pegado a la pared. El cierre emite un chasquido fuerte que eclipsa durante un momento el zumbido del aire acondicionado. Pasa la mano por la tapa. Cuando tamborilea en la superficie suave, la nota fresca. Al levantarla, se rompe el sellado al vacío con una especie de resoplido que le recuerda a unos pulmones privados de aire casi demasiado tiempo. Se asoma al interior y lo asalta una ráfaga de aire frío.

La congelación la abrasó. Su piel es como hielo, lisa y gélida. La sangre seca aún le cubre la mejilla. Después de tenerla semanas en el congelador, se secó y ahora le mancha la piel. Lo encuentra extrañamente hermoso, como una especie de rubor macabro.

Si le diera la vuelta, podría tocarle la herida bien vendada de la zona lumbar. Esa vez sí que lo hizo bien. Con ese experimento, le había seccionado correctamente la médula espinal a la altura de la C6. Su prisionera había perdido de inmediato la movilidad de las piernas, el tronco y los brazos. Eso era lo que tendría que haber ocurrido hacía siete años, pero, desde entonces, había aprendido de aquel desastre y perfeccionado la técnica.

Una víctima incapacitada es más fácil de manejar, pero supone un menor desafío; es perfecta para poner a prueba la pericia científica más que la resistencia física. Siempre había querido practicar una lobotomía, desde aquellos primeros años en la biblioteca. La víctima había sangrado más de lo previsto cuando le había insertado el picahielo en la cavidad orbitaria. El intento inicial de efectuar una lobotomía prefrontal no fue como había previsto, pero el padre de la lobotomía con picahielo también había fracasado unas cuantas veces. Por lo visto, no había calculado lo difícil que resultaría colocar el picahielo en la posición correcta. Aun sabiendo que había cometido un error, pasó a la siguiente fase, la de agitarlo en el interior, y ahí se terminó todo para ella. Se estremeció y convulsionó. Se le salieron los ojos de las cuencas y se tensó tanto que Jeremy pensó que se rompería. Su dolor se manifestaba con claridad en su rostro. Aún se aprecia la tensión refleja de los músculos de la víctima en la zona del cuello y de la mandíbula. Se habría hecho papilla los dientes, de apretarlos, si él no le hubiera metido un trapo en la boca. Por la nariz le chorreaba la sangre, como chorrea la leche de una jarra rota, y se amontonaba debajo.

«Ahora parece lápiz labial».

Acaricia con los dedos la piel deshidratada y disfruta de la sensación. Aquel día la sangre le brillaba en los labios y los dientes, luminosa y seductora. Ahora parece la superficie resquebrajada del más seco de los desiertos. En su día pensó que era cuestión de práctica, pero hoy el sufrimiento de aquella joven tendrá un propósito mayor.

Desenchufa el congelador y deja la tapa levantada. Cuando vengan, la olerán primero. Abre un armario cerrado con llave en el que guarda sus herramientas y armas más profesionales. Siempre ha preferido la caza cuerpo a cuerpo. Aun de joven, disfrutaba más clavándole a un cerdo un cuchillo afilado que disparándole de lejos. Aunque a veces la situación requiere distancia. Si va a practicar la caza mayor, va siendo hora de usar el armamento pesado.

Saca la ballesta TenPoint y un carcaj repleto de flechas mecánicas de punta ancha de titanio. Al montarlas, salen de los lados de cada flecha dos hojas que producen en el blanco una herida de cinco centímetros de ancho. Daño máximo sin gran aparataje. Podrá moverse rápido y sin dificultad, algo vital para sus planes. A fin de cuentas, es la primera vez que su presa va a poder devolverle el tiro.

30

Al detenerse delante del domicilio de Ray Singer, Leroux ve a Will apoyado en su coche ya estacionado. Se coloca detrás, a la puerta de la casa, y baja del vehículo.

—Me quedo aquí un momento —le dice Wren por la ventanilla abierta—. Necesito un minuto a solas para procesarlo.

Leroux asiente con la cabeza.

—Bueno, enseguida volvemos. No me toques la radio.

Le tira las llaves y ella sonríe sin ganas mientras arranca el motor.

—¡Siempre me toca esperarte, John! —le espeta Will entre aspavientos, y el otro pone los ojos en blanco.

—Relájate, Broussard.

Se mete la camisa por dentro y se dirige a la puerta de la vivienda. Suben los escalones y tocan el timbre. Un hombre desaseado de mediana edad abre la puerta. Aun desde la seguridad del interior del vehículo, Wren oye a la perfección lo que hablan.

—¿En qué puedo ayudarles? —pregunta el hombre, asomándose por la puerta entreabierta.

Will habla primero, enseñándole la placa.

—Policía de Nueva Orleans. Soy el inspector Broussard y este es el inspector Leroux. ¿Es usted Ray Singer?

Ray parece estresado.

—Sí, ¿qué pasa?

—Estamos investigando una agresión casi mortal ocurrida anoche por la zona —continúa Will—. A la víctima se le vio por última vez en su establecimiento.

—¡Cielo santo! ¿No será esa mujer de las noticias? —pregunta espantado.

Leroux asiente con la cabeza.

—Tenemos que hablar con los meseros y con cualquier persona que tuviera turno anoche. ¿Podría facilitarnos los nombres y los datos de contacto?

Ray se recuesta en el marco de la puerta y se pasa una mano por el pelo castaño revuelto.

—Un momento… ¿El carnicero ha estado en mi local? ¿Es eso lo que insinúa? ¡Demonios!

Leroux levanta una mano para interrumpirlo.

—Solo queremos que sus empleados nos digan si vieron algo raro anoche.

—Claro, claro. Voy ahora hacia allí, para abrir, y parte del personal del turno de anoche estará hoy también. Vengan conmigo si quieren.

—Estupendo. Eso haremos.

Will le dedica a Ray una cabezada breve y los tres se dirigen a sus vehículos. Suena el celular de Leroux.

244

—Leroux… —contesta y se detiene a la puerta del coche antes de sentarse al volante.

—¡Hola! Hay por aquí alguien que cree que podría tener información sobre la víctima de Elmwood Park, un sujeto que estaba en el bar anoche.

—Voy enseguida. —Cuelga y mira a Will—. Posible testigo en la comisaría. Me tengo que ir para allí. ¿Te ocupas tú de esto?

—A tus órdenes —contesta el otro en broma.

—Llama a la comisaría y que te den los detalles.

—¡Ya vete! Y tenme al tanto de lo que salga.

Leroux se voltea hacia Wren y la mira con ternura, como si fuera una pieza de cristal que no quiere romper.

—Llévame a casa, John —dice ella en voz baja, mirando por la ventanilla, de pronto abrumada por el peso de los acontecimientos del día.

—Claro —responde él, y sale en esa dirección.

El ambiente es tenso. A ninguno de los dos le apetece comentar lo que averiguron hoy. Wren saca la mano por la ventanilla y la deja ondular en el aire cálido que la golpea con fuerza mientras avanzan.

31

Jeremy la vigila.

Plantado en la oscuridad absoluta de la arboleda que bordea la finca de ella, sigue todos sus movimientos por las ventanas de su vivienda. La conoce lo bastante bien como para saber que va a encender todas las luces de la habitación aun a esas horas de la noche. A Emily no la asustaba gran cosa, pero siempre era cautelosa por lo que pudiera aguardarla en la oscuridad. Aunque no se ve nada, Jeremy es consciente de eso y procura refugiarse entre las ramas, medio escondido detrás de un árbol inmenso. Ya conoce su rutina. Sabe dónde se sienta para relajarse al final de una larga jornada. Lleva mucho tiempo vigilándola.

Espera, muy quieto, escuchando el coro de insectos nocturnos invisibles que zumban a su alrededor. Piensa en lo interesante que es que en plena noche el ser humano esté programado biológicamente para detectar hasta el ruido más insignificante fuera de lugar, incluso en medio del bullicio ensordecedor del entorno. Si se le ocurriera toser, se delataría. En el bosque, en cambio, puede pasarse la noche gritando sin consecuencias.

Hasta esa noche se ha limitado a observarla e ir dejando pequeñas pistas desde lejos. La ve comprobar dos veces los seguros de todas las puertas y ventanas. Jamás se va a la cama sin asegurarse primero de que está bien encerrada y a salvo durante la noche. Es meticulosa y también inteligente, pero, durante su vigilancia, Jeremy ha descubierto que sigue habiendo una forma de acceder a su fortaleza que ella siempre pasa por alto. El sótano está sin terminar y lo tiene por completo abandonado. Su marido y ella tomaron la precaución de instalar una cerradura impresionante en la trampilla de acceso del jardín, pero aún no lo han hecho en la puerta que da a la casa. A fin de cuentas, mientras nadie pueda acceder al sótano, tampoco hay necesidad de preocuparse por que alguien pueda subir a la casa desde él.

Jeremy ha visto que solo tres ventanas dan al sótano, dos demasiado pequeñas para que quepa por ellas algo más que un niño. La tercera es por la que tiene pensado colarse esa noche. Es más grande y se abre de forma convencional. Lleva cerradura, pero es obvio que está rota. Cuando se topó con ella por primera vez durante una de sus sigilosas visitas nocturnas, enseguida sospechó. No cree que Emily deje una ventana sin cerrar. Es una imprudencia increíble no reparar una cerradura estropeada. Tiene suerte de que nadie le haya entrado en casa hasta ahora. Al intentar abrirla, confirmó que solo la mantenía cerrada la pintura. Ese pequeño detalle le hizo dar por sentado que el sótano era responsabilidad de su marido, y Emily probablemente confiaba en que él se habría preocupado de convertirlo en un espacio seguro. El muy imbécil debió de pensar que no valía la pena reparar una cerradura rota y que la ventana no se abría porque la habían pintado cerrada mucho antes de que ellos se mudaran allí.

Emily mira por la ventana de la cocina, con cara de desconcierto. Parece absorta en sus pensamientos. Antes de que se retire y la pierda de vista, hay un instante en que casi parece que lo hubiera visto, que se hubieran cruzado sus miradas un segundo. No es así, claro. No puede ser porque ella tiene la luz a su espalda.

Jeremy ve que se apaga la luz, pero no se mueve. Seguirá escondido un poco más, para asegurarse de que a Emily y a su marido les da tiempo de dormirse profundamente. No le importa esperar. Una de las virtudes que más útil le ha resultado es su extraordinaria paciencia, algo que ha descuidado en los últimos tiempos en detrimento propio. Esa noche no cometerá el mismo error. Se tomará el tiempo que haga falta para cubrirse las espaldas. Dos horas y media en un abrir y cerrar de ojos. Un suspiro. Un instante si él lo quiere así.

Se acerca a oscuras a la ventana sin cerrar del sótano. La pintura antiquísima con la que está sellada es lo único que le impide invadir el espacio de Emily. Solo puede colarse por ella con la ayuda del cuchillo. Está preparado. Se lo saca de la bota y sierra con suavidad el borde del alféizar. La pintura envejecida y amarillenta se resquebraja como una cáscara de huevo bajo la hoja recién afilada. Decenios de motas de plomo venenosas flotan en el aire y caen revoloteando al césped. Se pregunta cuándo se abriría por última vez esa ventana y a quién se le ocurriría pintarla. El que la inutilizara así debía de ser una de esas personas que tiran siempre por lo más fácil. ¿Cómo puede haber gente tan vaga? La sociedad no para de alimentar la mediocridad.

Jeremy se alegra de ver el fin del reinado de seguridad engañosa de esa ventana. La negligencia conduce a la vulnerabilidad y no hay nada más vulnerable que una persona que duerme en su cama. Una vez rebanado el sello de pintura, se saca un desarmador del bolsillo y lo usa para hacer palanca entre el marco y el alféizar. Lo golpea con el mango del cuchillo hasta que cede una rendija. Cuando la ventana inhala su primera bocanada de aire de Luisiana, una nube de polvo y pintura forma un remolino en la oscuridad. Por el hueco recién abierto, Jeremy se cuela directamente a una mesa de trabajo que alberga un soplador de hojas y un amplio abanico de herramientas de jardín. Después de buscar el equilibrio sobre la superficie inestable, salta al suelo y espera a que sus ojos se adapten a la oscuridad que emanan todos los rincones.

La escalera es vieja y protesta un poco cuando Jeremy sube por ella a la planta baja. Al abrir la puerta que conduce a la cocina, observa que dejaron encendida una de las luces. Ilumina el rincón en el que está el bote de basura y Jeremy se pregunta si existirá alguien que necesite alumbrar el bote de basura para no tener que andar buscándolo a oscuras.

Avanza despacio, previendo el crujido de los suelos de madera, como en todas las casas antiguas. Al salir de la cocina, se encuentra con la estancia en la que Emily se sienta casi todas las noches. Pasa los dedos enguantados por el aparador que ocupa toda la pared de la derecha. Es antiguo y parece encajar bien en esa casa. Hay multitud de adornos dispuestos por toda la superficie, como trofeos. Abre un cajón y se lo encuentra lleno de una mezcla de pastillas de menta de distintos tipos. El contenido del cajón le sorprende tanto que se le escapa sin querer una risita; luego menea la cabeza y lo vuelve a cerrar.

Se encuentra cosas de ella esparcidas por todas las superficies visibles. A cualquiera que entrase en la casa le quedaría claro que Emily va soltando lastre según se va moviendo por la vivienda: un anillo en esa mesa, una pulsera en esa encimera… Va dejando un rastro de miguitas de su rutina nocturna. Nada de lo que Jeremy ve le parece especial. No da con lo que necesita. Insiste, convencido de que lo que busca le llamará la atención en cuanto se tope con ello.

Al pie de la escalera, alza la vista a la oscuridad y deja que sus ojos vuelvan a acomodarse a la negrura que escapa de la meseta. Sube el primer escalón y pega la espalda a la pared. Duda mucho que la escalera sea de las silenciosas. Planta los pies con cuidado, controlando bien cada paso, como en una coreografía. Las escaleras de madera tienen la manía de expandirse y contraerse con los cambios climáticos. Por eso, sabe que si sube por el centro seguramente hará ruido. Con la agilidad de un gato, asciende pegado a la pared. Por el camino va dejando fotos enmarcadas en marcos desparejados que procura no rozar a su paso. Cuando llega al último peldaño, se detiene. La puerta de la izquierda está cerrada y dentro se oye el suave murmullo de un ventilador. Ahí es donde duerme Emily. Le costó varias noches confirmar ese dato, pero su vigilancia se vio recompensada cuando una noche a ella se le olvidó bajar la persiana de su dormitorio. La vio despertarse a eso de las tres de la madrugada e ir al baño, que está a la derecha de la escalera. Cuando volvió a su cuarto, bajó la persiana después de echar un vistazo rápido por la ventana.

Jeremy inspira y se desplaza despacio hasta la puerta, donde apoya las manos en el marco de madera. Escucha la respiración suave y rítmica que apenas se oye con el zumbido del ventilador y después, volteándose de espaldas a la puerta, se escurre por ella para sentarse en el suelo. Recostado, ladea la cabeza para poder pegar la oreja derecha también. Se queda allí sentado, escuchando.

Pasa una hora a la puerta del dormitorio. Se siente

poderoso. Imagina a Emily y a su marido despertando un instante para girarse o mirar la hora, ajenos al hecho de que hay alguien al otro lado de la puerta de su dormitorio. Le gusta sentir que está violando la sensación de seguridad de la pareja, saber que, aun estando tan expuestos, se creen a salvo, que podría matarlos a los dos con un solo tajo de su cuchillo. Claro que no tiene intención de matarlos esa noche, aunque le apetezca. Esa vez no lo va a hacer así. Se acabaron los arrebatos.

Esa noche no ha ido allí en busca de sangre, sino de otra cosa. Se levanta despacio y hace una pausa para relajarse. No está nervioso; es una sensación de auténtica excitación lo que lo acelera. Agarra la manija de la puerta y lo gira poco a poco. La puerta se abre sin hacer ruido. Emily y su marido yacen inmóviles en la cama que hay al fondo de la estancia y, cuando Jeremy entra en el cuarto, ni se inmutan. Camina con sigilo, dejando que sus ojos se acostumbren a los distintos tonos de oscuridad de ese espacio. Se acerca al lado izquierdo de la cama, se acuclilla junto a Emily y echa un vistazo a los objetos que tiene en el buró.

Junto a un libro de bolsillo con las páginas dobladas por las esquinas hay un anillo. Es grande, parece caro y está forrado de diamantes. Ella nunca lo lleva en público. Jeremy jamás ha visto nada tan ostentoso en sus delicados dedos. Cualquiera habría podido deducir que es especial para ella. Seguro que es el anillo del que le habló de pasada en su día entre clases. Era de su abuela. Lo toma y ve una capa fina de polvo alrededor del círculo limpio en el que descansaba. Lo tiene en el buró como elemento decorativo. Posee un valor sentimental y eso es justo lo que él busca. Se lo pone en el meñique. Pero antes de incorporarse mira por última vez a Emily. Está de espaldas a él, con un brazo por encima de la manta, el pelo cobrizo cayéndole por la almohada en un chongo medio deshecho. Con la mano derecha, agarra fuerte la misma manta. Percibe su olor, olor a limpio, nada floral ni específico, pero decididamente limpio.

Podría ponerle fin en ese mismo instante: alargar la mano y partirle el cuello antes de que se diera cuenta siquiera de que tenía alguien al lado; clavarle el desarmador en la sien o rebanarle el pescuezo con el cuchillo. Podría privarla de su existencia en un instante. La sensación lo abruma un momento y está a punto de acabar por completo con sus planes. Pero la sensación desaparece tan rápido como llegó. Jeremy sabe que esa historia no terminará así. Emily no va a exhalar su último aliento sin saber quién se lo arrebató. Vuelve a incorporarse y cruza con sigilo la estancia hasta la puerta. Luego, mirando hacia el dormitorio, gira la manija y, sin soltarlo, cierra despacio. Una vez a salvo fuera, suelta la manija con cuidado y vuelve a la escalera para bajar despacio a la planta inferior.

Sale de la casa de la misma forma en la que entró y, mientras vuelve a encajar la ventana del sótano, se llena los pulmones del aire frío de la noche. Acto seguido, recorre el bosquecito una vez más, acariciándose con el pulgar el anillo que lleva en el meñique, y desaparece en la oscuridad.

32

Wren echa un vistazo al celular. Las notificaciones de mensajes y las alertas de noticias se le amontonan burlonas en la pantalla de inicio. Tiene una llamada perdida de Leroux y, al principio del aluvión, un mensaje de texto instándola a que le devuelva la llamada. Richard le aprieta el hombro como para darle ánimo. Se sienta a la mesa de la cocina, enfrente de ella, con su rostro amable. Ella lamenta la posición que le tocó ocupar a él. La situación es imposible y, a pesar de todo, su marido lo está haciendo perfecto.

—No hace falta que te metas en esto, Wren —le dice él tras uno o dos minutos de silencio mutuo.

Ella lo mira, aturdida y con los ojos cansados. Las últimas semanas han sido un no parar. Después de que Leroux la dejara en casa anoche, hizo un esfuerzo por olvidarse del caso, pero no dejan de salir a flote más y más detalles. No podía quitarse de la cabeza la imagen de las otras víctimas, sobre todo de la pobre Emma encima de la mesa fría y estéril de la sala de autopsias. Y entonces cayó en la cuenta. La cicuta. ¡Qué arma homicida tan peculiar y tan única! De hecho, es tan inusual que ella solo la ha visto una vez en toda su carrera.

—Me consta, y agradezco que me lo digas, pero tengo que contarles lo que sé a los demás —contesta ella, jugando con los anillos que lleva puestos—. Hace semanas que trabajo en este caso, y años que vivo a la sombra del carnicero. Sea cual sea la conclusión, tengo que ayudar.

Richard asiente con la cabeza y apoya los codos en la mesa.

—Confío en ti, pero hazlo a tu ritmo, ¿sí? Llama a John cuando estés lista.

—Supongo que no hay mejor momento que el presente —responde ella, que se levanta y empieza a pasear nerviosa con el celular pegado a la oreja esperando a que le contesten.

—Hola, Muller —responde Leroux después de dos tonos.

—Hola. Antes de que empieces, tengo que contarte otra cosa. ¿Recuerdas aquel caso que tuve hace unos años, el de una mujer mayor a la que su hijo llevó a Urgencias? Tenía un historial de depresión, un par de intentos de suicidio, y él nos dijo que igual aquella noche lo había vuelto a intentar tomándose algo. —Hace una pausa para ver si Leroux recuerda el caso—. Terminó en mi mesa de autopsias poco después de ingresar en el hospital como consecuencia de lo que después descubrimos que era cicuta disuelta en la copa de tinto que se tomaba por las noches.

—¿Cicuta? ¿La gente usa esas cosas? —pregunta el otro, y Wren casi lo ve meneando la cabeza, esforzándose por entender qué tendrá que ver eso con el caso.

—La pobre estaba destrozada de las convulsiones —continúa ella—. Apenas duró diez minutos en Urgencias. Fue una muerte terrible y, por eso mismo, una forma de suicidio poco creíble. Pero no encontramos indicios de criminalidad.

—De eso sí me acuerdo. ¡Dios! ¿Cuándo fue?, ¿hace dos, tres años? A todos nos pareció raro, pero, como bien dijiste, no había nada concreto de lo que tirar.

—Solo supe de otra muerte por cicuta en todos mis años de profesión. La de la mujer que encontramos en el cementerio.

—Crees que hay relación —afirma Leroux.

—Es él, John. Lo sé.

—¿Cómo se llamaba la otra mujer envenenada con cicuta?

—Mona. Recuerdo que le quedaba mucho ese nombre. Ya lo comprobé en el sistema. Su nombre completo es Mona Louise Rose. Como familiar más próximo, aparece Jeremy Calvin Rose.

Leroux suspira al otro lado de la línea telefónica. Wren inspira hondo y cierra los ojos con fuerza mientras se pasea.

—Bueno, ese nombre no es nuevo. Hemos hablado con Philip Trudeau. Tenías razón: era quien tú pensabas, y Jeremy Rose es el nombre que nos diste.

Wren se marea de pronto, sin duda a consecuencia de la avalancha de información que está recibiendo su cerebro ya sobrepasado, de la falta de sueño y de la dieta constante de porquerías de la máquina expendedora durante los últimos días.

—Vino a la comisaría uno que estuvo anoche en el bar —resuena la voz de Leroux en medio del silencio—. Vio a un tipo largarse con la víctima. Dice que el sospechoso le sonrió y que por eso lo recuerda.

A Wren no le sorprende que un testigo mencione precisamente la sonrisa de Cal. Era de esas que no se olvidan, una sonrisa algo torcida con un no sé qué que encandilaba y le daba cierto aire de desenfado cuando la esbozaba.

—Sí, entiendo que alguien recuerde eso de él —dice en voz baja, mirando de reojo a Richard, que la escucha preocupado.

—Voy a hacerle un seguimiento —prosigue Leroux—, a ver si podemos identificarlo como Jeremy Rose. —Carraspea, tiene la voz ronca—. Y, en cuanto tengamos las señas de la finca de los Rose, le pido al juez una orden de registro. Hay que intentar atraparlo lo antes posible porque seguro que intenta huir. En las noticias están contando un montón de mierdas y ya debe de saber que la cagué.

—Me acerco a la comisaría. Quiero ir contigo cuando tengas la orden de registro.

—No, Wren —resopla Leroux—. Esto es demasiado. Ya hiciste bastante. Sin tu ayuda, no tendría tantos datos de ese desgraciado. El caso ha empezado a moverse gracias a ti. Mereces quedarte al margen.

—Te lo agradezco, John, de verdad, pero voy a ir. ¿Qué te hace pensar que no habrá más cadáveres en su domicilio? Aún tenemos unos cuantos casos abiertos de personas desaparecidas y no me extrañaría que nos las encontráramos pudriéndose en su pantano. Les va a hacer falta una forense.

—Wren...

—Además —lo interrumpe ella—, si intenta huir o está oculto, al verme saldrá de su escondite. A fin de cuentas, ha puesto mucho empeño en llamar mi atención. ¿Por qué iba a esconderse de mí ahora?

Leroux suspira.

—No te voy a usar de cebo, Wren.

—Ya lo sé. Es que necesito estar ahí. Déjame ir —le suplica.

Vuelve a hacerse el silencio al otro lado de la línea. Después de maldecir por lo bajo, el inspector accede.

—Ya eres mayorcita. No puedo impedirte que vengas si tienes una razón válida. Nos vemos en la comisaría. Acaba de llegar Broussard, así que voy por la orden de registro.

—Bueno, nos vemos en un rato.

Cuelga y se gira hacia Richard, cuyo rostro amable está desencajado de preocupación.

—No quiero que vayas —dice él categóricamente.

Wren entiende su temor. Si fuera al revés, tampoco ella lo dejaría meterse en semejante lío.

—Richard, sé que esto da miedo —empieza ella mientras cruza la cocina para sentarse en una silla a su lado.

—No da miedo, Wren, espeluzna. ¡Y es peligrosísimo! Ese tipo quiso matarte. Intentó quitarte la vida y ha esperado años para salir de su escondite y buscar el modo de atraparte otra vez —protesta alterado—. ¿Y ahora pretendes ir a su casa? Es un disparate. ¡Es un disparate y no te lo voy a permitir! —espeta Richard con la voz quebrada. Se tapa la boca con la mano y menea la cabeza—. Lo siento, pero no.

—Ya, ya lo sé, pero voy a estar rodeada de policías. John y Will y un puñado más de agentes armados estarán allí. Puedes estar seguro de que me mantendrán a salvo. Además, no me voy a poner en peligro.

—En más peligro, querrás decir.

—Voy a volver a casa contigo, te lo prometo. Es que… tengo que cerrar este asunto de una vez. Necesito ver cómo se lo llevan esposado o no volveré a pegar ojo el resto de mi vida. Por favor, entiéndelo.

Está a punto de echarse a llorar: el agotamiento físico y emocional empiezan a desgastar los recios muros que con tanto empeño levanta. Richard agacha la cabeza y se recompone un segundo antes de mirarla de nuevo. Parpadea rápido, conteniendo también las lágrimas. Tiene los ojos irritados y cara de miedo. La toma de las manos.

—Regresa a casa —le ruega.

Ella le aprieta las manos y apoya la frente en la de él.

—Te lo prometo.

33

Jeremy da vueltas al valioso anillo con los dedos. Pasea por su casa procurando respirar hondo y serenarse. Esa granja hermosa y ruinosa ha sido una prolongación de sí mismo toda su vida. Creció ahí, aprendió ahí y ahora caza ahí. Ríe para sus adentros y se mete el anillo en el bolsillo mientras pasa la otra mano por el intrincado marco de la puerta. Le cuesta creer que todo esté a punto de cambiar, que el edificio cuidadosamente construido en cuyo interior se siente vivo vaya a tener que transformarse. Nota que algo lo abrasa por dentro. Llevado por un arrebato, golpea por instinto el mismo marco de madera que estaba acariciando. Está rabioso. Se destrozó los nudillos y le sangran. Al doblar los dedos, la herida se le abre y le produce un dolor punzante. Se limpia sin ganas en el marco blanco, arrastrando por él las yemas de los dedos a la vez que van cayendo al suelo, a sus pies, las gotas de sangre. Parpadea varias veces, pero no logra serenarse. La ira lo inunda todo. Su mayor fracaso lo va a obligar a abandonar su santuario y en su vida ha sentido una rabia mayor.

«Me las va a pagar».

Presa de una furia incontenible, entra a la sala, en la parte anterior de la casa. Se sorprende tomando un jarrón de cristal antiguo y, dándole vueltas con las manos, siente que podría estrujarlo lo bastante fuerte como para destrozarlo. La sangre de los nudillos embarra el vidrio tintado de verde y, antes de que se le escurra de las manos, lo estampa contra la pared, profiriendo un aullido gutural. El jarrón se hace añicos que llueven hermosos a la vez que peligrosos. Un mosaico de cristalitos cae a sus pies.

Jeremy se detiene un momento a contemplar los pedacitos de vidrio por los que danza la luz, reflejando su caos y creando un efecto prisma. Allí plantado, jadea. Pocas veces ha sido víctima de una rabia tan bestial. Inspira hondo y, con la mano buena, se aparta de la frente un mechón de pelo suelto y se lo recoloca. Entra en la cocina, gira la mano con cuidado y se examina los nudillos maltrechos. Abre con un chirrido la llave del fregadero y empieza a deshacerse de las pruebas de su solitario arrebato. Mientras la sangre pasa de rojo a rosa, mezclándose con el agua que forma un remolino en la pila de acero, él contempla por la ventana el pantano que parece perderse en el horizonte. Después de un rato que igual podría haber sido un minuto que una hora, se seca las manos, se cubre los tres dedos heridos con un apósito adhesivo y los flexiona hasta que está cómodo.

Comienza a deambular de nuevo por la casa, tomando fotos mentales que guardar en la memoria. Le servirán para anclarse a la persona que es. No tiene previsto morir hoy. Se encuentra otra vez en la sala, donde aún perduran las pruebas de su arranque de ira. No las limpia; prefiere dejarlas ahí a modo de mensaje y de amenaza. Espera que se pregunten de quién es esa sangre, aunque solo sea un segundo; que el crujido del vidrio hecho añicos perturbe su redada bien planificada.

Llevándose la mano al bolsillo, acaricia una vez más el anillo. Luego mira la mesita baja que hay en el centro de la escena y deja el anillo en ella, en un sitio donde es imposible no verlo. Solitario allí encima, como un barco perdido en el mar. Sonríe y da un paso atrás para ver el efecto que le produce.

«Bienvenida a casa, Emily».

34

Wren está sentada al fondo de la sala. La comisaría es un caos en medio del cual los agentes reciben órdenes a diestra y siniestra. Leroux y Will entraron en el edificio hace treinta minutos blandiendo las órdenes de registro y de arresto. Consiguieron que el testigo anterior y la mesera que sirvió las copas a Tara identifiquen al sospechoso.

—Muy bien, ¿sabe todo el mundo lo que tiene que hacer y adónde tiene que ir? —brama el comisario por encima del bullicio que los rodea.

Leroux está sentado al lado de Wren, inclinado hacia adelante, con los brazos apoyados en los muslos.

—¿Llevas el maletín? —le pregunta de pronto.

Ella da un salto, como si la hubiera despertado de un sueño profundo.

—Sí, sí, lo tengo en el coche. ¿Por?

—Porque te vienes conmigo. Si hay cadáveres que procesar, pedimos que nos manden unos técnicos con las camionetas, pero quiero tenerte en el coche. —Leroux niega con la cabeza antes de que a ella le dé tiempo de protestar—. Le prometí a Richard que no me iba a dejar convencer. Esto es innegociable.

—¡Pues no hay más que hablar! —contesta ella, alzando los brazos en señal de rendición.

El inspector se levanta y le tiende una mano para ayudarla a ponerse en pie.

—Esa es la actitud que me gusta, incluso después de que termine todo esto.

Ella lo empuja con las pocas fuerzas que le quedan y él finge tambalearse.

—Ni hablar, John.

El asiento trasero no es el sitio favorito de Wren. En esa parte del coche siempre se ha mareado enseguida, desde que era una niña. Y ese día no es una excepción.

—No sé si me están dando ganas de vomitar por cómo conduces o porque estamos a punto de tenderle una emboscada al tipo que quiso darme caza en su jardín —dice abriendo la ventanilla y, con cara de resignación, deja que la brisa le asiente un poco el estómago—. Se pueden reír, ¿eh? Ríanse, por favor.

Leroux y Will sueltan una carcajada.

—¡Dios, jamás pensé que fuera a terminar haciendo esto! —espeta Will secándose un ojo.

Su compañero lo mira confundido.

—¿No? ¿Jamás te viste atrapando a un insaciable asesino en serie? ¿No es eso lo que hacemos?

—Bueno, sí, claro, pero no con tanto drama, ¿sabes?

—Sí, supongo que tienes razón. Todo esto está siendo muy *True Detective*.

Entonces es Wren la que ríe.

—¿Tú crees que yo entré en el mundo de la patología forense en busca de dramas de este calibre? A ver, sí, soy la típica víctima de un despiadado asesino en serie que después se pasa la vida defendiendo a otras víctimas similares —bromea, frotándose la cara con la mano—, pero elegí el anatómico forense a propósito: porque es tranquilo y todo está bajo control.

Se hace un silencio agradable mientras recorren las desiertas carreteras secundarias del distrito de Jefferson en dirección a la zona de Montz. A Leroux no le costó encontrar la dirección de la finca de los Rose y ahora van camino a ella.

La casa se ubica en una extensa parcela apartada de los senderos que frecuentan los excursionistas todo el año. En cuanto espesa la arboleda y aumentan los baches, Wren sabe que se aproximan a su destino. Agarra su maletín y se frota los anillos con los pulgares, notando que el vómito le vuelve a la boca.

Cuando enfilan el acceso largo y sinuoso al 35 de Evangeline Road, el aire se vuelve más denso. Estudian los tres el entorno desierto, siguiendo a los dos vehículos policiales que los preceden.

De pronto, aparece la casa. Es como una inyección de adrenalina en el pecho. A Wren le late el corazón rápido y fuerte. Sus respiraciones son cortas y superficiales, y le arde la cara. Está a punto de sufrir un ataque de pánico, pero consigue poner en práctica la técnica con la que aprendió a controlarlos en las sesiones de terapia de hace años. Inspira por la nariz y espira despacio por la boca.

La vivienda está todo lo cuidada que puede estar en medio de un pantano. Es vieja, pero el jardín está bien conservado y limpio, y a la puerta hay un Nissan Altima que parece nuevo. Al fondo de la finca se extiende, hasta donde alcanza la vista, una zona pantanosa poblada de cipreses. Salpican el paisaje algunos entablados y pasarelas de madera, pero casi todo se encuentra intacto, en su estado natural. Resulta a un tiempo hermoso y horripilante, el coto de caza perfecto para un monstruo.

Leroux se gira hacia el asiento de atrás para mirarla, preocupadísimo.

—Hay mucho pantano que cubrir. ¿Tú estás bien, Muller? —pregunta.

Ella asiente con la cabeza, a sabiendas de que no lo parece, y confirma:

—Estoy bien.

Él espera un segundo por si vacila.

—Bueno, primero vamos a mandar a un equipo para que despeje la zona. Si está dentro, lo arrestarán. Se van a asegurar de que no nos tendió una emboscada, sobre todo a ti —la informa Leroux e inspira hondo—. No te vamos a perder de vista.

—Entendido. Confío en ustedes —dice ella agradecida.

Él cabecea en señal de asentimiento y se voltea hacia Will, que observa cómo el primer equipo policial rodea la casa. Llaman a la puerta y esperan. El nerviosismo ya tiene ahogada a Wren. Nada. Tras un par de intentos, los agentes tiran la puerta. El equipo entra enseguida desde todos los ángulos e inunda la casa rápidamente.

Wren cierra los ojos con fuerza. De pronto todo le suena apagado y distorsionado, como si le hubieran puesto unos auriculares con cancelación de ruido. Espera un tiroteo o una explosión, que ocurra algo terrible, pero no. Solo pasos amortiguados y gritos controlados desde el interior de la casa confirmando que las habitaciones están despejadas.

Sale al porche un joven agente enfundado en la equipación táctica y, haciéndoles una seña a Leroux y a Will, grita:

—¡Aquí no está! ¡Todo despejado!

Ellos asienten con la cabeza y abren las puertas del coche para salir. Leroux le abre la de atrás a Wren y ella sale al aire bochornoso.

—Huele a muerto —espeta en cuanto inhala por primera vez.

El inspector arruga la nariz instintivamente.

—¡Ya te digo! Huele fatal, sí.

Wren menea la cabeza y rectifica:

—No, digo que huele a muerto, pero de verdad. Hay algún cadáver por aquí —añade explorando la zona.

Se dirigen los tres al porche y se acercan a la fachada principal, cuya pintura descarapelada lleva decenios sobreviviendo a duras penas al clima extremo de Luisiana. Acceden al recibidor y el hedor se acentúa. Wren supone que, después de pasar tanto tiempo atrincherado allí, el asesino ya no lo percibe igual.

Cuando entran en el salón, Will y Leroux se sitúan cada uno a un lado de ella. El mobiliario anticuado produce la sensación de haber viajado en el tiempo a los años cuarenta. Hay una *chaise longue* de terciopelo verde instalada delante de un hermoso ventanal. Las lámparas de intrincado diseño dan un ambiente relajante a la estancia. Las paredes están forradas de obras de arte, pinturas diversas de distintas épocas y estilos. El salón es mitad museo, mitad burdel. Si Wren no estuviera tan aterrada, casi lo encontraría cautivador.

Entonces lo ve: en medio de la mesita de centro, sobre una bandeja de espejo, está el anillo de su abuela. Se acerca y se acuclilla para verlo bien. No se lo pone porque le queda pequeño, pero siempre lo tiene en el buró. La reconforta dormirse con esa joya al lado. Pero, como lleva días sin dormir en su cama y cuando lo hizo estaba demasiado enfrascada en su trabajo, no había reparado en su ausencia.

—John —dice con la voz quebrada, aferrándose a los bordes de la mesita.

El inspector se acerca corriendo y le pone una mano en la espalda.

—¿Qué pasa, Muller? ¿Te quieres ir? —le pregunta, escudriñándole histérico la cara, y luego mira el anillo que ella tiene delante—. ¿Qué ocurre?

De pronto, Wren se siente en peligro. Mira alrededor como esperando a que aparezca él. Pero no.

—El anillo. Lo tomó del buró —contesta sin más y sin quitarle los ojos de encima.

Leroux se queda pasmado y le hace una seña a uno de los fotógrafos para que le tome una foto.

—Muller, ¿me estás diciendo que esto lo tenías en el buró cuando aún tenías contacto con él?

Ella niega despacio con la cabeza y por fin lo mira a la cara.

—No, lo que digo es que lo tomó del buró, de la casa en la que vivo ahora. Se lo llevó de mi dormitorio en algún momento de la semana pasada. —Se levanta de golpe y procura recobrar el equilibrio mientras Leroux se incorpora también—. Entró en mi casa, John —añade conteniendo el llanto, notándose alterada solo de pensarlo, consciente de la crisis que está sufriendo.

—Wren, no sé qué decirte. De verdad, no sé qué decirte —contesta Leroux mordiéndose el labio, nervioso.

—No pasa nada. Ya nos ocuparemos de eso luego. Ya me ocuparé yo. Sigamos —dice armándose de valor.

—Hay sangre aquí —comenta Leroux, y señala el marco de la puerta, manchado de sangre fresca. Cayeron algunas gotas al suelo. Wren mira el vidrio verde hecho añicos a su izquierda y ve que algunos fragmentos también están manchados de sangre reciente.

—Igual alguien se cortó con esos cristales —dice ella poco convencida.

—Toma muestras —le ordena Leroux a otro agente. Luego le hace una seña a Wren para que pase con él a la siguiente habitación.

Entran en la cocina. Está impoluta y es muy luminosa. En la encimera hay una taza de café a medio beber. Wren siente un escalofrío por la espalda.

Cuando pasan al comedor, otra reliquia con pinta de burdel, un agente les grita desde la planta superior algo sobre una caja con ropa que posiblemente sea de una víctima.

—¿Te importa subir un momento? —le pregunta Leroux al fotógrafo, que sube aprisa la escalera que conduce a la primera planta.

—Seguro que hay algún cadáver ahí fuera, pero, por lo fuerte que huele aquí, tiene que haber otro dentro.

—Nos dijeron algo del sótano —comenta Will inquieto—. Por lo visto, pensaban que el olor de fuera impregnaba la casa, pero luego vieron el refrigerador abierto.

—¿Qué refrigerador? —dice Leroux enarcando las cejas.

—¿Vamos? —contesta Will, apartándose para dejarlos pasar primero.

Wren asiente y baja detrás de Leroux la escalera que conduce al sótano. El hedor es insufrible. Es mucho más intenso que el de arriba y el de fuera. Este es lo bastante denso como para producirles la sensación de estar inhalando arena mojada según van descendiendo.

Cuando llegan abajo y giran a la izquierda, a Wren no le suena de nada ese espacio. Nunca ha estado en el sótano, pero es justo como lo imaginaba. Está limpio, inmaculado y organizado. Casi al fondo, pegada a la pared, hay una fila de sillas, robustas, con gruesos reposabrazos. Le recuerdan a las del juzgado. Al acercarse, ve que están atornilladas al suelo, donde se mantienen fijas gracias a una capa de cemento. Los reposabrazos están envueltos en tiras de cuero y recias cadenas oxidadas, y salpicados de sangre medio seca. En los asientos también hay manchas y charcos de sangre, que chorrea, además, por las patas al cemento de color gris claro.

—Supongo que no las han usado para estudiar la Biblia —bromea Leroux mientras se acuclilla al lado de Wren y, con una mano enguantada, sacude la pata de una de las sillas, que ni se inmuta—. Que baje alguien a tomar muestras de esto.

El aire es denso y Leroux se sirve de la manga de la camisa para protegerse, casi asfixiándose, del hedor acre a carne putrefacta.

Wren se acerca al congelador blanco del rincón. La tapa está levantada y el enchufe, tirado por el suelo. El hedor es más orgánico allí. Las capas de pestilencia estallan como granadas con cada paso que da. Se arrima muchísimo, dispuesta a echar un vistazo. Los muertos no la asustan; le asusta lo que tengan que contarle.

—Muller, ¿qué hay ahí? —pregunta Leroux, que sigue junto a las sillas.

Entonces la ve. Es joven y la sangre y otros fluidos corporales que han emanado de ella en tan profana tumba le tiñen el pelo rubio. Sus ojos, rojos y sin vida, debieron de ser verdes o azules en su día, pero ahora se ven brumosos e inyectados en sangre. Tiene las mejillas inflamadas y Wren descubre que ha sangrado por los ojos, la nariz y la boca tras sufrir alguna herida traumática.

—¿Qué te hizo? —pregunta en voz alta. Está a punto de tocarla, pero no lo hace.

—Bueno, al menos ya sabemos de dónde viene el olor —comenta Leroux, de pronto a su lado, haciendo una seña a otro agente para que se ocupe del cadáver—. Vamos arriba y salimos un momento a que nos dé el aire.

Wren se voltea a mirarlo y sale del trance un segundo.

—¿Qué? No. Yo vine aquí a esto. Soy la forense. Hay cadáveres que procesar.

—Claro, claro, Muller, pero esto es demasiado. No pasa nada por que te dé el fresco un rato. Nadie te lo va a reprochar —le dice él, y le golpea suavemente el hombro con el suyo, como para tranquilizarla.

—Estoy bien. Este es mi trabajo. Solo tengo que ir

por el maletín que dejé arriba —responde muy seria. Luego se dirige a la escalera, mirando de reojo las sillas.

Se le acelera el corazón, y el hedor a carne podrida mezclado con el aroma a colonia de hombre empiezan a formar un coctel nauseabundo. Está algo mareada, pero hace de tripas corazón. Ve que Leroux y Will la siguen de cerca y los oye hablar en susurros mientras suben a la cocina, en la planta baja.

—No la pierdas de vista mientras estés ahí arriba —le dice Leroux a Will, tan bajito que ella casi no lo oye.

—Claro —contesta el otro muy serio.

Ella agarra el maletín de la mesa y se centra un poco. Cuando se dispone a bajar la escalera de nuevo, sale del pasillo un agente mayor.

—¿No oyen música? —pregunta.

Wren aguza el oído para ver si distingue algo en medio del trajín de la casa. Will y Leroux hacen lo mismo. Ella oye algo a lo lejos, leve y que parece que viene del exterior.

—Vamos —les dice Leroux—. Está fuera. Ya hay unos agentes en la parte trasera de la casa echando un vistazo.

Salen los tres y la música empieza a oírse mejor. La espesura que tienen delante está quieta, pero no silenciosa. Aún no se distingue del todo, pero sin duda es «Black Magic», de Badwoods, lo que altera la banda sonora orgánica del pantano. La música es asquerosamente alegre y la disonancia resulta perturbadora. Wren inspira nerviosa, procurando deshacerse de la ansiedad que amenaza con consumirla.

—Esto tiene el sello de Cal —sentencia, recordando la angustia que le produjo a ella la música en sus momentos más aterradores como Emily.

—¿Hacía teatro de pequeño? —espeta Leroux y sonríe con disimulo mientras la mira por encima del hombro.

Ella le agradece el desenfado en esos instantes y contesta:

—No, pero supongo que se está desquitando ahora.

Bajan los escalones maltrechos del porche trasero y enfilan una pasarela de madera que conduce a una zona boscosa densamente poblada. Abundan los cipreses, que se abrazan unos a otros por todas partes y forman un manto vegetal que el sol no es capaz de penetrar.

Ahí es adonde llevaba a las víctimas, donde se arañaban la piel de las piernas y los pies intentando huir de él. El ambiente en ese lugar es tenebroso e inquietante, y está saturado del mal que lo ha impregnado tanto tiempo.

Entran juntos en el jardín, con un agente que los sigue y otro que los precede. Leroux y Will empuñan las armas. Según van avanzando a grandes zancadas, la música se oye cada vez más fuerte y compite con las chicharras, cuya estridulación inunda los árboles. Cuanto más se adentran en ese coto de caza, mayor es el hedor a descomposición, que se hace casi insufrible. Al llegar al agua, Wren divisa el epicentro.

—Ya tenemos la fuente del hedor —susurra furiosa señalando el cadáver oscuro y arrugado que yace junto al fango.

Avanzan los tres en bloque y el olor a putrefacción es casi insufrible. El cuerpo sin vida se está descomponiendo rápido, gracias al clima y a los insectos, pero Wren ve que la víctima es un hombre. Parece que tiene una herida en la sien que podría ser de un disparo. Le toma una foto rápida con el celular y saca unas pinzas de su maletín para ponerse manos a la obra. Extrae la bala del orificio de entrada y la sostiene en alto a la altura de los ojos.

—Menos mal que viniste, Muller. Tenías razón —dice Leroux meneando la cabeza a la vez que se tapa la nariz y la boca con la mano enguantada.

Ella sonríe satisfecha, guarda la bala en una bolsita y la bolsita en el maletín. Justo cuando lo está cerrando, Leroux arquea la espalda y profiere un aullido similar al de un animal herido. Se precipita hacia adelante y cae de lado, sujetándose la pierna izquierda. Wren escudriña la flecha de caza que su compañero lleva clavada en la pantorrilla. Es metálica y larga. La herida que produce es mayor de lo esperado. La forense se acerca a curársela.

—¡Agente herido! —grita Will.

Nada más decirlo, vuelven a dispararles. Esta vez la flecha acierta de lleno en la espalda de otro agente, que cae de bruces, y a Wren se le escapa un grito. Leroux brama de dolor, agarrándose la pierna e inspeccionando la arboleda como un poseso. Will se encuentra entre Leroux y Wren. Con el caos, ninguno de ellos vio de dónde vienen los disparos y ahora son un blanco fácil.

Se oye el chasquido de una rama.

—Emily... —dice una voz serena que a la forense le resulta familiar.

Wren levanta la vista de la herida de Leroux y lo ve. Sale de atrás de un árbol centenario, armado con una ballesta con la que le apunta directamente.

El pelo largo le cae por la frente como la última vez que lo vio. Viste una camiseta negra, *jeans* oscuros y botas negras de estilo militar. Parece tranquilo y satisfecho. Se toma un momento para mirarla de arriba abajo. Bajo su escrutinio, ella se retrotrae de inmediato a aquella noche de hace siete años. Siente la misma urgencia y la misma rabia. Él tiene la misma mirada fría de entonces, que, con los años, se ha vuelto aún más turbia.

Wren estudia un segundo a Cal, a Jeremy, o comoquiera que se llame ahora. Sabe de lo que es capaz. Le toma con cuidado la pistola a Leroux y se levanta, apuntando a Cal, que sigue amenazándola con la ballesta y cuya sonrisa se ensancha despacio. Baja la ballesta.

—¡Pégale un tiro! —brama Leroux desde el suelo.

Ella vacila, de pronto paralizada, incapaz de apretar el gatillo. Y entonces se oye un estallido. Lo ve tambalearse, soltar la ballesta y agarrarse el pecho. Cae de rodillas, rueda por la maleza y desaparece de inmediato en la espesura.

El sol se cuela con dificultad entre las copas de los árboles. La oscuridad lo inunda todo, aun de día. Ella sigue paralizada por el miedo, sosteniendo el arma que apunta al espacio desierto en el que estaba Cal hace solo unos segundos. Mira a la derecha y ve a Will, plantado allí, protector, bajando el arma que acaba de disparar. Wren suelta un resoplido.

Los agentes echan a correr por el bosque y Will los sigue de cerca.

—¡Muller, quédate con Leroux! —le grita por encima del hombro.

Ella no puede más que asentir con la cabeza, mirando aún al sitio desde el que Cal la contemplaba hace un momento. Oye chasquidos de ramas rotas y órdenes sin sentido, pero es como si tuviera la cabeza debajo del agua. Se obliga a permanecer alerta y oye un ruido que corta el aire, le alborota el corazón y hace que le brote un sudor frío en la frente. Dos disparos, separados por unos diez segundos, espantan a los pájaros, que la sobrevuelan entre graznidos. Contempla la escena, pasmada, unos instantes. Todas las chicharras, las aves, los sapos y las hojas se esfuerzan conjuntamente por devolverla a la realidad. Wren aguza el oído.

—Doctora Muller…

Un joven agente sale de pronto de entre los árboles y ella agarra más fuerte el arma que lleva en la mano. Al verla asustada, el joven levanta los brazos y le dice en voz baja:

—Perdone el susto. Broussard está con el sospechoso. Hay que confirmar que falleció.

Wren baja la pistola de Leroux, toma otra bocanada de aire caliente y asiente con la cabeza.

—¿Te puedo dejar solo? —dice mirando a su compañero tendido en el suelo.

—¡Qué remedio! —bromea él con cara de dolor mientras se agarra la pierna—. Ten cuidado, Muller.

—Estoy bien —contesta ella—. Llama a los paramédicos para que lo atiendan —le pide al joven agente.

El policía se acerca a ellos agarrándose el transmisor del hombro para pedir a los paramédicos que vayan hasta allí. Wren suspira, se limpia el sudor de la frente y se adentra en el bosque. Oye hablar a los agentes y se abre paso entre las gruesas raíces de cipreses centenarios. El musgo le hace cosquillas en la cara. Ve ramas rotas y huellas profundas en la tierra. Todo se mueve y respira. La escena está viva y activa.

—Muller —la sobresalta Will cuando se aproxima a él—. Se disparó a la boca —le dice con crudeza, y ella traga saliva para procesar ese dato lo más rápido posible.

—Te lo confirmo —contesta—. Y gracias.

Él le aprieta la mano al pasar por su lado.

—No hay de qué.

Wren se zafa de él y se acerca a grandes zancadas al cadáver de Cal. Está bocarriba, con la cara y el pecho salpicados de sangre. Tiene los ojos abiertos y la mira fijamente desde el suelo mojado que lo rodea. El asesino, siempre tan limpio y tan comedido, por fin se asemeja al monstruo que lleva dentro.

Se pone un guante y se agacha a tomarle el pulso. No tiene.

—Murió —dice con frialdad.

Saca el celular y llama al despacho para pedir a su equipo que acuda a la escena. Cuando se voltea hacia los agentes que están a su espalda, ve algo que le llama la atención, algo raro en la mirada del asesino. Con la mano enguantada, le limpia la cara y le gira un poco la cabeza para tenerlo de frente. Al mirarlo a los ojos grises, se le para el corazón. Le levanta con torpeza la camiseta negra para buscarle el disparo anterior de Will, pero no ve más que carne lisa e inmaculada.

—No es él —sentencia incrédula.

Cae sentada y recula por el suelo para distanciarse del desconocido. Por primera vez en su vida, un muerto le da miedo.

—¡Pues claro que es él! —exclama Will, que se acerca corriendo y la toma por los hombros—. Muller, ¿qué quieres decir?

Ella niega con la cabeza, presa del pánico, y grita:

—¡No! ¡No es! ¡No es él, Will!

—Pero si acabas de identificarlo… Yo estaba delante. Se reconocieron los dos.

—Sí, claro, porque el de antes sí era, pero este no —le explica e inspira hondo—. No hay herida de bala donde tú le disparaste.

Will abre la boca para contestar, pero no le sale nada. Posa los ojos en el cuerpo sin vida e intenta hallar una explicación.

—Eso es imposible. Le di en el pecho.

—Si esto fuera una herida de bala autoinfligida, ¿dónde está el arma? No se pegó un tiro. Lo mató el tipo que lo organizó todo para que lo encontráramos.

Nervioso, Will la mira y luego mira el cadáver. Levanta la vista y señala con un dedo a un agente que tienen a su derecha.

—¡Registren esto de arriba abajo! ¡Encuéntrenlo! ¡Ya! —Los agentes se reparten en varias direcciones. Will se voltea de nuevo hacia Wren y llama a otro agente, que se acerca corriendo a ellos—. Lleva a la doctora Muller con Leroux y asegúrate de que salen los dos de aquí sanos y salvos con el equipo médico. —Ella abre la boca para protestar, pero Will la interrumpe—. Ya hiciste tu trabajo. Acompaña a Leroux al hospital.

Wren se levanta, le aprieta el brazo y vuelve a adentrarse en la espesura, seguida de cerca por el agente que la escolta. Cuando enfila el sendero que lleva hasta la ambulancia estacionada en el césped, le hace una seña al paramédico.

—Voy con ustedes —le dice.

El otro asiente con la cabeza y abre el portón de la ambulancia, en cuyo interior, sentado en una camilla, está Leroux, que la mira aliviado.

—Se acabó, ¿no? —le dice.

Ella niega con la cabeza y se sienta a su lado en un banquito estrecho. Se cierra el portón con gran estrépito y la ambulancia arranca.

—No —contesta en voz baja. Leroux intenta mirarla a los ojos, pero ella no consigue enfocar. Por fin lo mira—. No, John, se escapó.

35

Jeremy sale del pantano que bordea su finca y se detiene a recobrar el aliento. El chaleco antibalas que lleva debajo de la camiseta le irrita la piel empapada en sudor. En su vida volverá a ponerse una cosa de esas. Agobia y asfixia, aunque agradece que haya funcionado cuando hacía falta. Mientras inspira el aire húmedo que lo rodea, se toca la roncha que le salió en el pecho, cada vez más roja e inflamada. «Mejor que una herida de bala».

Avanza por el denso marjal que se extiende ante él. El agua caliente le empapa las perneras de los pantalones y deja en ellas un rastro de fango. El barro le succiona las botas como una ventosa, o como si su intención fuera descalzarlo. Aparta de un manotazo una nube de mosquitos, que se dispersan momentáneamente para volver a agruparse a su alrededor con renovado entusiasmo, dispuestos a vengarse de su insolencia dejándole un millón de marquitas por el cuerpo.

Wren no tardará en descubrir que el cadáver que le dejó no es el suyo. Cuando lo haga, seguro que ata cabos enseguida. Es tan lista como la recordaba y la motiva un odio feroz. Se lo notó en los ojos cuando lo miró. Como los mosquitos que lo atacan sin piedad, Wren ansiaba antes darle caza y ahora no parará hasta conseguirlo. Pero él ya le ganó la tirada y no tardará en ganarle la partida.

La forense fue incapaz de dispararle. Aunque tenía el dedo pegado al gatillo, no pudo apretarlo. Jeremy se pregunta si eso cambiará ahora, si volvería a vacilar en caso de que se le presentase de nuevo la ocasión. Por desgracia para ella, eso no va a ocurrir. En breve estará a cientos de kilómetros de allí. Recolocándose la mochila, se abre paso entre los árboles que lo atrapan y lo arañan. No hay caminos por esa zona, pero él la conoce bien. Su padre lo trajo aquí una vez para que intentara cazar caimanes. Jamás atraparon uno, claro.

Sabe perfectamente con qué bestias comparte hábitat. En la oscuridad, les brillan los ojos como en las pesadillas. Se deslizan por el barro con unas colas capaces de mutilar a un hombre más rápido que cualquier arma. Ellos son los auténticos carniceros del pantano, despiadados y sanguinarios. Y esa noche será uno de ellos.

Se pone el sol en el horizonte y dan comienzo los sonidos de la noche mientras Jeremy camina rumbo a la carretera que se vislumbra al frente.

AGRADECIMIENTOS

A mi John: gracias por apoyarme y animarme siempre, aun cuando estaba convencida de que esto de escribir no iba a salir bien. Gracias por cuidar de las niñas cuando yo me ausentaba o cuando me venía de pronto la inspiración y me ponía a golpear el teclado y a beberme un café detrás de otro. Gracias por ofrecerme la confianza necesaria, desde la primera frase, para escribir esta novela. Te quiero y te valoro una barbaridad. Eres un auténtico regalo. Prometo no perseguirte nunca por los pantanos de Luisiana.

A Karen: gracias por ser una de esas suegras que nadie cree que existen, generosa y siempre dispuesta a mandarme a escribir mientras entretienes a las niñas. Se te quiere más de lo que piensas y no habría podido terminar esto sin ti.

A mis padres: sé que ya les dediqué esto, pero, como me dieron la vida, repito. Gracias por proporcionarme las herramientas, la confianza y el amor necesarios para escribir esta pesadilla. De niña, me tomaban la mano cuando tenía terrores nocturnos y ahora se las tiendo yo a ustedes. Les juro que es un cumplido y una muestra de afecto. Confíen en mí. Los adoro a los dos.

Gracias a Ash, mi amiga del alma, mi hermana, mi sobrina y mi socia. Todos los sombreros que te hago ponerte te quedan genial y has sido parte esencial de este logro. Gracias por leérmelo siempre en voz alta para que pudiera oírlo con otra voz y por dejarme horrorizarte todos los días.

Gracias también a mis hermanos. Amy, tú eres la hermana mayor y una de mis mejores amigas, la única a la que dejaba que me lavara el pelo de pequeña. Aunque eso se acabó (porque ahora me lo lavo sola), me encanta estudiar a los pajarillos gracias a ti. Hay mucho amor en tus papas fritas de *smiley* con salsa ranchera. Jp, mi hermano mayor y también mi mellizo en otra dimensión. Nos parecemos, pensamos igual y seguramente la pasaríamos muy bien con la Caja de Lemarchand de *Hellraiser* y plagaríamos este mundo de cenobitas, pero chocaríamos los cinco de todas formas. Gracias por darme ánimos y crear conmigo.

Gracias, doctor Stone, por darme la oportunidad de entrar en ese mundo al que siempre había querido acceder. Te agradeceré eternamente lo que me has enseñado. Esta novela nació en la sala de autopsias y no habría podido escribirla sin ti.

A mi cuadrilla, Seth, Andy, Marissa: no sé cómo expresar lo increíbles que son, y eso sí que es raro en mí, porque, citando a la inmortal Josie «Grossy» Geller, «¡Siempre sé qué decir!». Gracias por ser esas personas con las que puedo contar y por hacerme sentir que esto era posible.

A mi agente literaria, Sabrina: ahora somos una; en la vida te vas a librar de mí. Gracias por lidiar con mis locuras, mis neuras y mi necesidad constante de controlar y estar al tanto de absolutamente todos los pormenores de todo lo acontecido durante la creación de esta novela. Me hiciste mejor escritora y me alegra que, de paso, te hiciste amiga mía.

A mi alucinante editora, Sareena: tengo la sensación de que el universo nos juntó. La segunda vez que nos vimos me entendiste enseguida, entendiste mi relato y me ayudaste a convertirlo en lo que estaba destinado a ser. Te lo agradezco muchísimo. Tú hiciste posible esta novela y la convertiste en la mejor versión de sí misma. Hasta a Jeremy le encantaría, y eso impresiona y aterra a la vez. Me alegro mucho de que hayas querido entrar en este mundillo extraño que inventé.

A Zando: gracias por ver esta novela como la veo yo y hacer realidad mi sueño de convertirme en escritora.

Gracias a Stephen King, Patricia Cornwell, R. L. Stine, Christopher Pike, Edward Gorey, Alvin Schwartz y Stephen Gammell por ayudarme a aceptar por fin mi yo oscuro, espeluznante, aterrador y extraño que tanto tiempo he combatido. Gracias por inspirar a los raritos de todas partes para que creen algo con sus rarezas.

A Nueva Orleans: confío en que el espíritu de esa ciudad se sienta en esta novela. Gracias por proporcionarme un lugar tan inspirador por el que deambular en mi cabeza.

NOTA DE LA AUTORA

Desde que tengo uso de razón me han fascinado los crímenes y su repercusión en la mente y el cuerpo. De hecho, vivo de ello. Pero esa obsesión es anterior a mi trabajo como técnica forense.

Cuando tenía siete años, mi madre me regaló un libro titulado *Historias de miedo para contar en la oscuridad*. Era una colección de relatos cortos tremendamente perturbadores, perfectos para leerlos bajo las sábanas o con una linterna pegada a la barbilla en casa de una amiga. Aquel libro era una celebración de lo macabro, algo retorcidamente oscuro: las ilustraciones daban casi tanto miedo como los propios relatos. Lo leí una y otra vez hasta destrozarlo.

Tenía unos cuantos favoritos, claro. Había de esos que te hacen dar un salto al final y, claro, ¿a qué fan del terror no le encanta eso? Recuerdo otro que contaba la historia de un hombre que se volvía caimán; nunca más he mirado a un reptil con los mismos ojos.

Pero me obsesionaban, sobre todo, las leyendas urbanas que descubrí en aquel libro: la de «El garfio», la de «El vestido de noche de satén blanco» y, en particular, la de «La niñera», que me encantaba contar a mis amigas. En ese relato, una chica que trabaja como canguro para una familia empieza a recibir llamadas espeluznantes que la policía localiza dentro del propio edificio, y antes de que a la pobre le dé tiempo a escapar oye crujir las escaleras. ¡Cuántos amigos a los que atemoricé con aquella historia! Y me horrorizó aún más cuando supe que hay quien piensa que está inspirado en un caso real de asesinato no resuelto, el de una canguro de verdad en los años cincuenta. Visto con perspectiva, ahora que presento un pódcast sobre crímenes reales, creo que aquel relato fue seguramente el responsable de mi atracción permanente por los crímenes históricos, resueltos o por resolver.

Otro de mis relatos favoritos de aquella colección era el de «Los sesos del hombre muerto», que hablaba de un juego que se podía poner en práctica y al que yo jugaba mucho. En un cuarto oscuro donde se reúnen varios amigos, uno lee en voz alta la historia de un hombre llamado Brown. El hombre murió y los participantes del juego, sentados en círculo, se van pasando distintas partes de su cadáver (un hueso de pollo que hace de nariz, tomate natural entero en conserva para los sesos...) que deben ir tocando. El que se asusta más de la cuenta queda descalificado. Esa combinación de utilería horripilante y narración en voz alta me cautivaba, y me ha seguido

292

cautivando hasta la fecha. A veces la gente me pregunta si no me da miedo estar sola en el depósito, pero lo cierto es que no. Me siento muy responsable de los cadáveres con los que trabajo y me fascina resolver los rompecabezas que me aguardan.

Al salir de clase, podía dedicar más tiempo a alimentar mis obsesiones. Me gradué en Justicia Criminal, Psicología y Biología. Todos esos estudios me han resultado cruciales para comprender el crimen y a los que están del lado del bien y del mal.

Con mi trabajo como técnica forense y mi pódcast, *Morbid*, aspiro a reconstruir los relatos que se ocultan tras el oscuro fenómeno de la criminalidad, de forma que, juntos, podamos entender mejor la condición humana. Tanto si estoy trabajando sola en el depósito como explicando a mis oyentes la saponificación (un proceso que tiene lugar después de la muerte), me siento narradora, contadora de historias.

Hace un par de años junté todo lo aprendido con mi trabajo en la morgue y mi fascinación por los relatos de terror para escribir *El carnicero y el pájaro*, un *thriller* en el que sus dos protagonistas, Jeremy y Wren, mantienen opiniones opuestas acerca de si es el asesino o la patóloga quien guarda los secretos finales de los fallecidos.

Es una novela que sentía la necesidad profesional y creativa de escribir. Y mientras lo hacía recordé aquellos relatos que, de niña, me tenían despierta hasta la madrugada. No solo los de *Historias de miedo para contar en la oscuridad*, sino también los grandes clásicos como *El silencio de los inocentes*. Relatos que atrapan gracias a un héroe notable y un malo de pesadilla. Quería crear un nuevo monstruo que mis lectores buscaran debajo de la cama antes de acostarse y un argumento que los tuviera en vilo, y en el centro de la historia situar a una mujer responsable de desentrañar los asesinatos y resolver el rompecabezas.

Espero que mi novela los haya cautivado tanto como a mí los relatos que me llevaron a escribirla.

Alaina Urquhart

LOS EXPEDIENTES DEL CASO:
PERSONAJES REALES DE LA NOVELA

Los médicos

Walter Freeman

En 1924, después de estudiar Neurología en la Facultad de Medicina de la Universidad de Pensilvania, se convirtió en el primer neurólogo en ejercicio de Washington D. C. En los años cuarenta formuló un nuevo procedimiento conocido como «lobotomía transorbital», que consistía en insertar a golpe de martillo un punzón metálico por encima del ojo hasta atravesar la delicada porción ósea de la cuenca ocular y cercenar las conexiones de la parte frontal del cerebro. A ese método se le dio el pintoresco nombre de «lobotomía de picahielo» y se podía practicar fuera de quirófano y sin anestesia.

Al cabo de cuarenta años, Freeman había realizado cuatro mil lobotomías en veintitrés estados del país, dos mil quinientas con su procedimiento del picahielo y pese a carecer de formación quirúrgica homologada. Aunque a Jeremy, el asesino protagonista de *El carnicero y el pájaro*, lo obsesiona esa técnica, la lobotomía de picahielo fue, como es lógico, objeto de controversia y, en 1967, a Freeman se le prohibió que continuara practicándola.

Marie Laveau

Criolla nacida en Luisiana en 1801, fue curandera, herbolaria, matrona y practicante de vudú. Trabajaba como peluquera de las clases altas de Nueva Orleans, pero a menudo se la requería por sus supuestas aptitudes sobrenaturales. La fama de Laveau como practicante de vudú se difundió ampliamente y le permitió servirse de sus habilidades para sanar enfermos y proporcionar consejo y alivio espiritual sobre problemas económicos, personales y de otra índole. Se convirtió en la tercera cabecilla del vudú en Nueva Orleans. Se sabe que visitaba a los condenados a muerte de las prisiones vecinas y se rumora que algunos de esos presos recibían venenos y otras sustancias antes de ir a galeras.

Cuenta la tradición, además, que a quienes visitan su sepultura en la sección primera del cementerio de St. Louis, en Nueva Orleans, y dibujan una equis en su tumba se les concede un deseo, como puede verse en el capítulo 23 de la novela.

Jeffrey Dahmer

También conocido como «el monstruo de Milwaukee», fue un asesino en serie que actuaba en Wisconsin y, entre 1978 y 1991, mató y desmembró a diecisiete hombres. Cometió su primer asesinato al poco de graduarse en el instituto; luego, de 1987 a 1991, nada más recibir el alta del servicio militar, entró en una espiral imparable de crímenes. Sus últimos delitos iban acompañados de necrofilia, canibalismo y tentativas de conservación de partes del cuerpo. A Dahmer lo atraparon en julio de 1991, después de que el que iba a convertirse en su víctima, Tracy Edwards, lograra escapar y contactara con la policía.

Cuando por fin salió a la luz la sangrienta estela de asesinatos de Dahmer, lo condenaron a dieciséis penas de muerte por sus crímenes. Falleció en 1994, asesinado por otro preso. En los episodios 100, 102 y 104 del pódcast *Morbid* de Alaina se habla de él, y en 2022 los creadores Ryan Murphy e Ian Brennan estrenaron, en la plataforma Netflix, una miniserie protagonizada por Evan Peters que narra la vida del asesino en serie.

Dennis Rader

Entre 1974 y 1991 acabó con la vida de diez personas en Kansas. A Rader lo obsesionaba la atención mediática y enviaba cartas con detalles sobre sus crímenes a las cadenas de televisión y a la prensa local, cartas que seguían llegando incluso mucho después de cometido el delito. En ellas incluía poemas, acertijos y amenazas, y proponía apodos para su persona, como el de BTK (de *Bind, Torture, Kill*, en inglés, porque ataba, torturaba y asesinaba a sus víctimas), por el que se le conoce sobre todo hoy en día.

Como cuenta Wren, la protagonista de *El carnicero y el pájaro*, en la novela, Rader se buscó la ruina sin quererlo al enviar a la cadena KSAS-TV de Wichita, Kansas, un disquete cuyos metadatos permitieron a la policía localizarlo. Lo detuvieron en 2005. En los episodios 85, 87 y 88 del pódcast *Morbid* de Alaina se habla de este asesino.

Israel Keyes

Depredador meticuloso y astuto, se entregó al estudio de los asesinos en serie desde su juventud. Keyes planificaba sus asesinatos hasta con años de antelación y ponía un empeño extraordinario en no ser descubierto. Para cometer sus crímenes, viajaba lejos de su lugar de residencia, desconectaba el celular y pagaba siempre en efectivo, y jamás actuaba dos veces en la misma zona. No tenía relación con ninguna de sus víctimas conocidas, a las que elegía al azar, en vez de desarrollar un perfil de víctima, como se sabía que hacían otros asesinos en serie. Se le atribuye el asesinato de tres personas, pero se sospecha que pudo haber matado al menos a otras once.

Keyes fue por fin capturado y detenido en 2012, tras asesinar a Samantha Koenig en Anchorage, Alaska, su localidad natal. Durante una vista ordinaria celebrada en mayo de ese mismo año, Keyes intentó escapar sirviéndose de las virutas de un lápiz recién afilado para abrir la cerradura de las esposas. Solo unos meses después, en diciembre, se suicidó en su celda. Alaina habla de este asesino en los episodios 62 y 63 de *Morbid*.